Janine Niggemeier
Endlich New York!
Gefühlswirrwarr mit Doppelknoten

AF206324

Janine Niggemeier lebt mit ihrem Mann, ihren beiden Kindern und drei Katern in Neuwied. Im Gegensatz zu ihrer Protagonistin Emma träumt die Autorin immer noch von einer Reise nach New York. »*Endlich New York! Gefühlswirrwarr mit Doppelknoten*« ist ihr Debütroman.

JANINE NIGGEMEIER

Endlich New York!

GEFÜHLSWIRRWARR MIT DOPPELKNOTEN

Roman

2. verbesserte Auflage 2021

Bibliografische Information der Deutschen Nationalbibliothek:
Die Deutsche Nationalbibliothek verzeichnet diese Publikation in
der Deutschen Nationalbibliografie; detaillierte bibliografische
Daten sind im Internet über http://dnb.dnb.de abrufbar.

Covergestaltung: Wolkenart – Marie-Katharina Wölk,
www.wolkenart.com

Herstellung und Verlag: BoD – Books on Demand, Norderstedt
ISBN: 978-3-7504-0175-4

Ich wollte nicht nur eine Träumerin sein,
sondern meinen Traum leben.

Kapitel 1

Das Wasser in meiner Badewanne schwappte schon nah am Rand. Neben dem rhythmischen Plätschern der letzten Tropfen, die vom Wasserhahn in mein Schaumbad fielen, genoss ich den Duft meines Duschöls. Obwohl meine verschrumpelten Fingerkuppen mir sagten, dass ich weit über einer durchschnittlichen Badezeit lag, wollte ich die umhüllende Wärme noch ein paar Minuten genießen, bevor ich meinem Sonntagsritual ein Ende setzte. Ich schloss die Augen. Nur noch ein paar Minuten …

Der viel zu laut eingestellte Klingelton meines Smartphones ließ mich aus meinen Gedanken aufschrecken und auch mit größter Mühe war es unmöglich, ihn zu ignorieren.

Na endlich! Zufrieden ließ ich mich, nach wieder einkehrender Ruhe, komplett ins Wasser eintauchen. Leider hatte ich mich zu früh gefreut, denn ein paar Minuten später begann das gleiche Spiel von vorn. Leicht genervt entschloss ich mich, mein Schaumbad zu beenden.

Widerwillig nahm ich den Anruf beim zweiten Versuch an. Stella, meine Verlegerin, die seit den beiden letzten Tagen hartnäckig versucht hatte mich zu erreichen, begann sofort mit ihrer Moralpredigt.

»Emma, ich versuche dich schon eine gefühlte Ewigkeit zu erreichen. Was ist los mit dir? Du warst die, die unbedingt in ihre Traumstadt New York reisen wollte und jetzt meldest du dich nicht mehr.«

»Du hörst dich an wie meine Mutter …«, entgegnete ich leicht patzig. Warum ich ihr jetzt mit so einem abgedroschenen Spruch kam, war mir beim besten Willen nicht klar. Meine Mama gehört zwar zu den Menschen, die immer ehrlich aussprechen, was sie denken, hatte aber noch nie versucht mich zu etwas zu überreden. Sie ließ mich schon früh meinen eigenen Weg gehen und Entscheidungen allein treffen, wofür ich ihr heute noch unendlich dankbar bin.

»Es war nicht einfach, den Kontakt herzustellen, aber jetzt hast du die einmalige Chance, dass sie dein Buch in den USA veröffentlichen. Das war doch das, was du wolltest, oder? Und du hattest mehr als genug Zeit zum Nachdenken!«

Na ja, waren zwei Wochen wirklich genug Zeit? Wobei ich zugeben musste, dass mir die besten Dinge im Leben immer ohne ewig langes Planen passierten. Ich hatte wohl kaum Aussichten auf Erfolg, ihr mit weiteren Argumenten zu widersprechen.

»Ja, das *ist* genau das, was ich wollte. Ich hätte aber nie damit gerechnet, dass auch nur der Hauch einer Chance besteht, diesen Traum zu verwirklichen. Das wäre immerhin der größte Schritt überhaupt für mich.«

»Erst mal ist es ja nur ein einfaches Vorgespräch zwischen dir und einem gewissen Michael Stevans, der mit zum Verlagsleitungsteam gehört, aber dafür ist es in New York! Es sind doch nur vier Tage, danach kannst du in Ruhe alles überdenken und abwägen.« Stella hatte einen ganz schön zackigen Ton drauf, aber wenn ich ehrlich war, hatte sie recht. Mit ein bisschen Sightseeing als besonderem Bonus obendrauf, wirkte diese Vorstellung nur noch halb so beängstigend.

»Also? Soll ich den Termin bestätigen und alles Weitere für dich buchen?«, fragte sie jetzt mit leicht zögerlicher Stimme. »Spring über deinen Schatten und hör dir den Ablauf mal an, absagen kannst du später immer noch.«

»Okay«, flüsterte ich zu meiner eigenen Überraschung in mein Smartphone.

»Hast du wirklich ›Okay‹ gesagt? Wow, ich bin beeindruckt. Ich kümmere mich um alles und melde mich dann wieder bei dir.«

Sie hatte schneller aufgelegt, als ich noch in irgendeiner Art darauf reagieren konnte und so stand die Entscheidung fest. Nächste Woche würde ich in ein spätsommerliches New York reisen! Unerwartete Freude stieg in mir auf und ich ließ mich auf mein Bett fallen. Endlich hatte ich mich getraut und es war ein gutes Gefühl, auch wenn ich noch so schrecklich viel zu erledigen hatte, bevor es losging. Ich schnappte mir mein Buch und strich zärtlich darüber.

»Das ist verrückt, du wirst vielleicht ins Englische übersetzt.« Hatte ich jetzt mit meinem Buch geredet?! Okay, es wurde wirklich höchste Zeit, dass ich raus in die Welt und unter neue Menschen ging.

Ich schwang mich aus dem Bett, um meiner Kaffeemaschine einen Besuch abzustatten und eine meiner To-do-Listen zu starten, damit ich gut organisiert meinen Kurztrip planen konnte. Auf dem Weg in die Küche schnappte ich mir meine zwei Lieblingsreiseführer über New York aus dem Regal. Beide sahen schon ziemlich mitgenommen aus, da ich sie regelmäßig zum Tagträumen durchblätterte und unendlich viele Post-its an die Seiten gepappt hatte, damit mir auch wirklich nichts entgehen würde. Mein ursprünglicher Gedanke, mit meinen Freundinnen zusammen dort hinzureisen, war schon längst wegen deren Familien- und Babyplanung über den Haufen geworfen worden. Jetzt musste ich dieses Abenteuer allein wagen.

Bevor ich in der Küche ankam, kehrte ich noch einmal um. Mein Englisch war selbst für ein Vorgespräch eine Katastrophe. Wo hatte ich nur mein Wörterbuch untergebracht? Oder sollte ich mich doch für eine App entscheiden? Ziemlich durch den Wind von meiner spontanen Zusage und doch irgendwie beflügelt, begann ich alles, was mir direkt in den Sinn kam und lebensnotwendig erschien, auf meine Liste zu schreiben. Auch wenn durch meine Zusage der wichtigste Schritt getan war, ließ mir der Gedanke, dass es zum Vertragsabschluss und ein paar Leseterminen kommen sollte, keine Ruhe. Stella hatte bereits vor zwei Wochen erzählt, dass diese Termine mit zu meinem Pflichtprogramm gehören würden und wenn ich ehrlich zu mir selbst war, war genau das die Tatsache, die mir am wenigsten gefiel.

»Okay, ganz ruhig, einen Schritt nach dem anderen«, versuchte ich mich selbst ein wenig zu beruhigen. »Lass einfach alles auf dich zukommen, Emma.«

Kapitel 2

Michael Stevans stand ungeduldig im Eingangsbereich des Restaurants, in welchem wir uns
treffen wollten.

Sein Foto hatte ich in den letzten Tagen unzählige Male
auf der Homepage der Agentur angeklickt und es grenzte an
ein Wunder, dass ich nicht schon nachts von ihm träumte.
Jetzt sah er genervt auf seine Uhr. Diese Tatsache versetzte
mich automatisch in eine Art Schneckentempo.

Nicht nur, dass mir der Jetlag und leichte Kopfschmerzen die Zeit nach der Landung erschwerten, ich hatte auch
den New Yorker Verkehr komplett unterschätzt und war
spät dran. Eigentlich hätte ich es besser wissen müssen, da
ich mehrfach gelesen hatte, wie viel hier auf den Straßen los
war und dass dies ein dauerhaftes Problem darstellte.

Jetzt aber war es, wie es war, und es galt das Beste aus
dieser Situation zu machen. Immerhin war es eine enorme
Erleichterung, als Stella mir mitgeteilt hatte, dass Mr. Stevans ein wenig Deutsch sprechen konnte. Somit war meine
Angst, bei diesem wichtigen Termin nicht alles verstehen zu
können, teilweise beiseite geräumt. Ich atmete tief durch
und ging zielstrebig auf Stevans zu, wobei ich hoffte, mit
meinem selbstbewussten Auftreten zu punkten.

»Hi, Mr. Stevans, ich bin Emma Bergmann. Entschuldigen Sie bitte meine Verspätung«, sprach ich ihn an und erhielt etwas zurück, was mit viel Fantasie einem Lächeln ähnelte.

»Michael Stevans«, stellte er sich mit ausgestreckter Hand vor. »In unserem Verlag pflegen wir untereinander einen freundschaftlichen Umgang, daher können wir ruhig du zueinander sagen, wenn du nichts dagegen hast.« Ohne mich zu Wort kommen zu lassen, fuhr er fort. »Es freut mich, dich kennenzulernen. Bei diesem Betrieb hier wird der von mir reservierte Tisch bestimmt nicht lange für uns freigehalten, lass uns daher sofort ins Restaurant gehen.«

Okay, dachte ich, *da hat selbst mein Gefrierfach eine wärmere Ausstrahlung als dieser Mr. Frost.* Stevans war ein großer, gut aussehender Mann, der mir ein wenig arrogant zu sein schien. Nur seine etwas zu große Nase störte diesen Anblick, ansonsten hätte er durchaus als Model arbeiten können. So ein Mist, dass ich bei unserem ersten Treffen gleich zu spät kam und somit negativ auffiel. Ich hätte mich dafür in den Hintern beißen können, wenn das anatomisch überhaupt möglich gewesen wäre.

Seine Hand berührte meinen unteren Rücken mit leichtem Druck und riss mich aus meinen Gedanken. Er wollte wohl, dass ich schneller zum Eingang ging. Gut, somit wirkte er jetzt noch unsympathischer, ganz anders als ich es mir erhofft hatte. Ich spürte, wie sich mein Selbstbewusstsein in leichte Nervosität wandelte. Am liebsten hätte ich seine Hand abgeschüttelt und ihm ordentlich die Meinung gegeigt. Aber die Tatsache, dass ich keinen schlechten Eindruck hinterlassen wollte, ließ mich brav wie ein Schulkind und ohne einen Kommentar von mir zu geben, der Bedienung folgen, die uns unseren Tisch zuwies.

Beim Durchqueren des Raums erkannte ich sofort, dass es sich hier nicht um ein einfaches Lokal handelte. Alles war edel eingerichtet und von den Tischen bis hin zur Dekoration stand alles akkurat, fast symmetrisch, zueinander. Innerlich schüttelte es mich. Ich war froh, dass ich mich heute für ein elegantes schulterfreies Kleid entschieden hatte, in welchem ich eine recht passable Figur abgab. Wie ein Gentleman zog Mr. Unwiderstehlich, wie er sich selbst sicher beschreiben würde, meinen Stuhl hervor und wies mich mit seiner Hand an, Platz zu nehmen. Sofort tauchte ein junger Mann, unsere Bedienung für diesen Abend, auf und wollte mir als Erstes die Weinkarte reichen, die ich schon fast entgegengenommen hatte, als Michael ihn aus seinem gewohnten Ablauf riss.

»Ich weiß bereits, was wir trinken. Wir benötigen keine Karte.«

Okay, er hielt es nicht für nötig nach meinen Wünschen zu fragen, sondern bestellte sofort für uns beide einen recht hochwertigen Wein. Diese Art dominanter Männer kannte ich bisher nur aus Filmen, in denen man solchen keinerlei Sympathie entgegenbringt. Ich hatte mich selten so unwohl in meiner Haut gefühlt und sehnte schon jetzt das Ende des Abends herbei.

Das Essen, dessen Auswahl Michael mir ebenfalls abgenommen hatte, war mir eine Spur zu fein. Wenn ich ehrlich war, konnte ich noch nicht einmal alles identifizieren, was da so in kleinen Portionen auf meinem Teller lag. Daher aß ich auch kaum etwas. Der Einzige, der davon Notiz nahm, war der junge Kellner. Dieser schenkte mir bei jeder Gelegenheit bemitleidenswerte Blicke herüber, als könne er meine Situation nachempfinden. Hungrig und mittlerweile genervt, war ich froh, als Stevans zum geschäftlichen Teil überging. Er erklärte mir recht ausführlich den Ablauf bis zur Veröffentlichung meines Buches auf dem amerikanischen Markt.

»Generell handhaben wir es so, dass daraufhin die Werbung umgehend startet. Das bedeutet für dich in diesem Fall, dass du auf eine Lesereise gehen wirst.« Er nahm einen großen Schluck Wein zu sich und fuhr fort. »Bevor es losgeht, wird meine Assistentin Megan dir komplett zur Seite stehen, um dir den Start zu erleichtern. Sie wird dir auch helfen, ein Apartment in New York zu finden, bis wir uns in vier Wochen wiedersehen. Nach deinem Umzug wird alles viel einfacher zu koordinieren sein.«

Mein Mund war staubtrocken und dieses unangenehme Gefühl versuchte ich ebenfalls mit einem großen Schluck Wein zu beseitigen. Ein Apartment in New York? Ich war selbst von mir überrascht, dass ich diesem Gedanken etwas abgewinnen konnte. Michael war ganz in seinem Element. Er breitete zwei Blätter vor mir aus.

»Hier siehst du die ersten drei Termine mit jeweiligem Ort und Datum der Lesereise.«

Starten würde alles hier in New York und dann hatte ich je ein paar Tage Luft, bis es weitergehen würde. Ich war so aufgeregt, dass meine Hände leicht feucht wurden und zu zittern begannen. Mein besorgtes Aussehen führte dazu, dass Michael eine längere Redepause einlegte, bevor er weitersprach. »Alles in Ordnung mit den Terminen?«

»Ja, alles okay.« Ich versuchte, mein Gedankenwirrwarr zu sortieren. »Ich habe nur noch nie Lesungen in einer Fremdsprache gehalten.« Was um Himmels willen hatte Stella ihm nur erzählt? Ich hatte ihm ja noch nicht mal zugesagt! Michael hob eine Augenbraue.

»Ist das dein einziges Problem? Möchtest du einen Englisch-Trainer? Ich kann dir auch gerne vorab ein Exemplar zukommen lassen, dann kannst du deinen Text üben.«

Jetzt geriet ich ins Stocken. »Ähm, das hört sich gut an«, log ich. An einen Englischlehrer hatte ich auch schon gedacht, fand es aber zu blöd zu fragen. Daher hatte ich diese Idee wieder verworfen.

»Du kannst die Terminliste behalten. Alles andere erklärt dir Megan, der ich übrigens schon deine Nummer gegeben habe.«

Er schob mir das Blatt rüber und sortierte seine Sachen zu einem symmetrischen Stapel neben seinem Smartphone. Dabei sah er mir das erste Mal am heutigen Abend richtig in die Augen.

»Jetzt steht erst mal dein Umzug in den nächsten vier Wochen an, danach planen wir alle Details für die Tour. In dieser Zeit kannst du an deinem Englisch arbeiten und dich vorbereiten, damit du dich bestmöglich verkaufst.«

Da mir die besten Antworten immer erst nach einem Gespräch einfielen und ich nie besonders schlagfertig war, konnte ich auch jetzt nichts wirklich Passendes antworten. Ich nickte nur kurz.

»Morgen wird sich Megan bei dir melden und mit dir gemeinsam nach Apartments Ausschau halten. Falls du bis dahin noch Fragen hast, kannst du sie mit ihr besprechen.«

Er bot mir an, mich zum Hotel zu fahren, aber ich war einfach nur froh, dass dieser Abend zu Ende war. Daher entschloss ich mich, ein Stück zu Fuß zu gehen, um meine Gedanken zu sortieren. Für den Rest des Weges würde ich mir ein Taxi nehmen.

Kapitel 3

Beim Aufwachen lief mein Gehirn auch ohne Kaffee schon wieder auf Hochtour. *Noch drei Tage New York*, war das Erste, was mir in den Sinn kam. *Drei ganze Tage!* Das war ein schönes Gefühl und während ich mich genüsslich ausstreckte, versuchte ich einen Blick aus dem Fenster zu werfen. Dummerweise hatte ich am Abend zuvor die Vorhänge etwas zu weit zugezogen und somit die Aussicht auf ein gegenüberliegendes Hotel reduziert.

Ein wenig enttäuscht rappelte ich mich auf, um meinen restlichen Aufenthalt zu planen. Die Zeit meines Kurztrips musste einfach für alles reichen. Da ich endlich in meiner Traumstadt war, wollte ich nicht nur Apartments anschauen, sondern auch das ein oder andere sehen und shoppen gehen. Meine Gedanken wirbelten erneut ziemlich durcheinander und ich konnte ein mulmiges Gefühl im Bauch nicht loswerden. Ein Umzug, okay ich war ungebunden, aber meine Freunde und Familie wären dann wirklich sehr weit von mir entfernt. Dieser Gedanke schmerzte. Träumen ist immer so einfach, aber wenn ein Traum zum Greifen nah ist, muss man doch versuchen was daraus zu machen. Ich wollte nicht nur eine Träumerin sein, sondern meinen Traum leben. Das hielt ich mir vor Augen. Ich wollte diese Veränderung in meinem Leben und endlich etwas erleben.

Während ich noch darüber nachdachte, klopfte es an meiner Hoteltür. Der Zimmerservice brachte gerade mein Frühstück, welches ich mir gestern bestellt hatte. Eine junge asiatische Frau stellte mir das Tablett neben mein Bett. Als ich meine Handtasche nach einem Trinkgeld durchsuchte, wartete sie schon an der Tür.

»Lieben Dank«, war das Einzige, was ich zu ihr sagte. Nachdem sie ihr Geld entgegengenommen hatte, lächelte sie mich zufrieden an und verschwand ohne ein weiteres Wort.

Es wäre auf jeden Fall sinnvoll, sofort nach meinem Umzug diesen Englischlehrer zu kontaktieren und an meinen Schwächen zu arbeiten. Dann könnte ich an meiner Aussprache und an meiner Grammatik feilen und viel lockerer mit anderen umgehen. Zusätzlich erhoffte ich mir mehr Sicherheit, um bei meinen Lesungen besser vortragen zu können. Beim Gedanken an die Lesungen ließ ich mich auf die Bettkante sinken und atmete tief durch. Nach meinem Umzug …, ging es mir durch den Kopf. Wieso war ich mir eigentlich so schnell sicher, dass dies mein Weg war?

»Okay erst mal meinen Kaffee schlürfen und den Tag durchplanen«, sagte ich zu mir selbst, während ich mich aufs Bett legte und meine volle Aufmerksamkeit den herrlich duftenden Pancakes widmete. Leider stellte ich fest, dass ich sprachlich noch nicht einmal dem Fernsehprogramm folgen konnte. »Eine gewisse Routine mit der Sprache stellt sich sicher von selbst ein, wenn ich erst einmal hier wohne«, redete ich mir selbst Mut zu. Da ich nicht wusste, ob sich in Sachen Apartment heute schon was tun würde, schnappte ich mir mein Handy und sah, dass ich eine Nachricht von Michael bekommen hatte.

Guten Morgen, hoffe, du hast in deiner ersten Nacht in New York City gut geschlafen. Megan Miller kommt dich um eins abholen und wird dich dann bei der Besichtigung einiger Objekte unterstützen. Drücke dir die Daumen. Lieben Gruß, Michael

Okay, bis dahin blieb mir noch genug Zeit, mir eine Shopping-Tour zu gönnen. In Gedanken machte ich eine Finanzaufstellung und überlegte, was ich mir darüber hinaus leisten wollte. Ich war schon heilfroh gewesen, dass alle Unkosten für diese Besprechungen vom Verlag übernommen wurden. In Deutschland ließ sich mein Buch bisher gut verkaufen, aber würde das für eine Wohnung in New York reichen? Außergewöhnlich viel hatte ich bisher schließlich noch nicht verdient. Es war eher mit einem durchschnittlichen Gehalt vergleichbar, welches aber nicht im gewohnten Monatsabstand kam, sondern in einem Drei-Monats-Intervall überwiesen wurde. Daher konnte ich mir im Moment keine großen Sprünge erlauben. Ich war mir unsicher, ob mein gespartes Geld für ein Leben in der Großstadt reichen würde. Klar würde ich zusätzlich verdienen und meine Ansprüche an eine kleine Unterkunft waren nicht groß, aber das Ganze ging mir bei meinem Bummel nicht aus dem Kopf. Schwerpunktmäßig suchte ich nach einem Souvenir für meine Eltern und einem besonderen Kleidungsstück für mich, da ich das Bedürfnis hatte, mir selbst etwas Gutes zu tun. Natürlich durfte ich auch die Postkarten für mich und meine Lieben nicht vergessen. Meine Gedanken überschlugen sich nur so. Es war noch viel zu planen und meine Ideen pendelten zwischen jetzt und dem, was noch vor mir liegen sollte, hin und her.

Knapp vor eins traf ich an der Hotellobby ein. Bei diesem Verkehr konnte man von Glück reden, wenn man seine Termine einhalten konnte. Mein Smartphone vibrierte und als ich es aus der Handtasche kramte, sah ich, dass eine unbekannte Nummer versuchte, mich anzurufen. Das musste Megan sein. Und so war es auch. Sie begrüßte mich kurz und sagte mir, dass sie bereits in der Lobby auf mich warten würde. Ich drehte mich um und suchte die Umgebung ab. Zum Glück war um diese Uhrzeit nicht allzu viel los. Ein älteres Pärchen saß an einem der kleinen Tische und diskutierte meiner Meinung nach viel zu laut miteinander. Eine Bedienung flitzte mit einem Kaffee an mir vorbei in Richtung eines Fenstertisches, wo eine Frau mich aus ihrem bequemen Sessel heraus beobachtete. Jetzt, wo wir Blickkontakt hatten, begann sie fröhlich zu winken und lächelte. Erfreut darüber, dass sie ungefähr in meinem Alter war, ging ich eilig zu ihr rüber. Sie kam mir mit der Begrüßung zuvor.

»Hi, ich bin Megan. Michael hat dich bestimmt informiert«, sagte sie, drückte mich kurz sehr herzlich und sah mich erwartungsvoll an. »Du willst also nach New York ziehen. Eine tolle Entscheidung, du wirst diese Stadt lieben!«

»Hi, ich bin Emma, aber das weißt du ja bereits. Wenn ich ehrlich bin, war das ziemlich spontan. Ich hoffe, du hast recht.«

Während sie mir noch zuhörte, winkte sie die Bedienung zu uns.

»Möchtest du auch einen Kaffee oder lieber etwas Kühles?«

»Kaffee ist perfekt«, gab ich kurz zurück.

»Siehst du, dann passt du sehr gut in diese Stadt. Gefühlt rennt hier jeder zweite mit einem Coffee to go in der Hand herum.«

Mein erster Eindruck bei unserem schnellen Kaffee war sehr positiv. Megan wirkte nett und offen. Wir klärten als Erstes die Schwerpunkte, die mir bei der Suche nach einer passenden Unterkunft wichtig waren.

»Es muss ja nichts Besonderes sein, ein einfaches Apartment würde mir komplett ausreichen«, erklärte ich ihr. »Außerdem wäre es umständlich und kostspielig, einen Umzug mit Möbeln zu bewerkstelligen. Der Transport meiner Sachen von Deutschland nach Amerika sowie die Option alles neu zu kaufen, würde meinen finanziellen Rahmen bei Weitem sprengen.« Sie nickte verständnisvoll und hörte mir aufmerksam zu. »Daher würde ich komplett oder wenigstens teilweise möbliert als Erstes in Betracht ziehen.«

Sie warf einen kurzen Blick in ihre Mappe, sortierte das ein und andere heraus und legte es vor mir auf den Tisch.

»Wie du siehst, war ich fleißig. Das sind die Objekte, die nach deiner Beschreibung am besten zu deinen Wünschen passen. Während du alles überfliegst, erledige ich ein paar Telefonate. Danach können wir sofort los.«

Ganz vertieft in die Unterlagen, nickte ich ihr kurz zu. Ein paar Anrufe ihrerseits und schon saßen wir im Taxi, um uns auf den Weg zu machen.

Unser erster Halt war in Brooklyn, wo wir uns ein Apartment in der obersten Etage anschauten. Es war groß, hatte eine atemberaubende Aussicht und die paar vorhandenen Möbel sahen darin ziemlich verloren aus. Mit etwas Zeit hätte ich es mir sicherlich schön machen können und die zentrale Lage wäre auch prima. Leider lag der Preis nicht ganz in meinem Budget und da ich mit vierunddreißig Jahren kein Interesse an einem Mitbewohner hatte, schloss ich dieses Objekt umgehend aus.

Danach fuhren wir etwas weiter nach draußen in eine ruhigere Gegend. Na ja, eigentlich gehört New Jersey nicht mehr direkt zu New York, aber die Preise dort sind definitiv bezahlbarer und mit der S-Bahn würde ich nur zwanzig Minuten bis nach Manhattan brauchen. Die Apartmentanlage mit vielen Häuschen mit Flachdächern, die in einer gepflegten Grünanlage stand, wirkte sehr ansprechend. Nicht außergewöhnlich schön, aber durch die Rasenflächen und Baumreihen der Allee empfand ich den Gesamteindruck als einladend.

Die Wohnung wirkte im Vergleich zu ersten winzig, war aber voll möbliert, wobei die meisten Möbelstücke hell und gut aufeinander abgestimmt waren. Die Küchenzeile war zum Wohnzimmer hin offen und ein länglicher Bartisch mit zwei Hockern trennte beide Räume voneinander ab. Im Wohnbereich gab es eine Couch, die maximal Platz für zwei Personen bot, und die, zusammen mit einem stylischen Tisch, perfekt zum Fernseher ausgerichtet war, wenn dort einer gestanden hätte. Die riesigen Fenster ließen leider nicht ganz so viel Licht herein wie erhofft, da die Allee vor dem Haus der Sonne den Weg in die Wohnung versperrte.

»Ein paar farbliche Highlights und eine persönliche Note, und hier könnte es mir gefallen!«

Megan gefiel es wohl auch, wie ich an ihrem Lächeln erkennen konnte. »Magst du noch Schlafzimmer und Bad sehen?«

»Klar, was für eine Frage.«

Ich folgte der Immobilienmaklerin durch den engen Flur. Das gepflegte Bad war einfach gehalten, würde mir aber auf jeden Fall ausreichen. Auch das Schlafzimmer war perfekt. Es war ein kleiner Raum, indem gerade genug Platz für das Bett und einen Schrank war, aber auch hier ragten die riesigen Fenster fast bis zur Decke. Das verlieh dem sonst durchschnittlichen Raum ein gewisses Etwas.

»Ich könnte mir wirklich gut vorstellen, hier zu wohnen!« Noch dazu lag der Preis nur etwas über meinen Vorstellungen, daher entschloss ich mich spontan zu einem *Ja*.

»Ich würde diese Wohnung gerne nehmen.« Hatte ich das jetzt wirklich gesagt? Wie aufregend! Ich freute mich riesig! *Ich ziehe nach New York!*

Kapitel 4

Meine Mama hatte sich entschlossen, mich bei den Vorbereitungen für meinen Umzug zu unterstützen. Auch wenn sie leicht bedrückt wirkte, half sie mir dabei, meine Sachen auf ein Minimum zu reduzieren, damit ich nur das mitnehmen würde, was ich auch wirklich brauchte.

Trotz meiner großen Freude über diese Veränderung war ich auch ein wenig traurig, meine Familie und meine Freunde zurücklassen zu müssen. Zwar hatten alle schon mehrfach versprochen, mich zu besuchen, ob das aber in der Umsetzung gut funktionieren würde, musste ich wohl einfach auf mich zukommen lassen. Zum Glück war die Freude und Neugier auf das Unbekannte größer und ich begann mit dem Sortieren meiner Kosmetikartikel. Vorsichtshalber hatte ich meine Lieblingsprodukte gleich auf Vorrat gekauft, dann musste ich mich nicht umgehend mit den englischen Produktbeschreibungen auseinandersetzen und hatte in diesem Punkt wenigstens meinen gewohnten Pflegeablauf.

Um meine Kosten erst mal möglichst klein zu halten, hatte ich mich gegen einen Umzug mit Kisten entschieden. Ein Umzugsunternehmen würde für den Transport über den Seeweg von Deutschland bis nach Amerika locker ein paar tausend Euro nehmen. Da ich mir sicher war, dass der normale Lebensunterhalt in den USA mich einiges mehr kosten würde, entschloss ich mich, nur teilweise an meine Ersparnisse zu gehen. Somit hätte ich für den Notfall ein paar Euros als Reserve.

Nun standen meine beiden riesigen Koffer, der langweilige schwarze und mein Liebling mit der New York-Skyline, aufgeklappt vor mir. Davor türmten sich mittlerweile Stapel mit den Sachen, die ich unbedingt mit einpacken musste. Dieses Durcheinander wurde immer unübersichtlicher, was das Ganze unnötig erschwerte. Zum Glück hatte meine Mama einen etwas besseren Durchblick. Sie sortierte fleißig alles an Klamotten aus, was ihr ohnehin schon länger nicht gefallen hatte.

»Süße, das kannst du aber wirklich mal entsorgen«, hörte ich sie schon fast in Dauerschleife reden.

Es waren nur noch wenige Tage, dann würde ich endlich im Flieger sitzen. Dennoch kam beim Umschauen durch meine vier Wände ein leicht bedrückendes Gefühl auf. Ja, es war kein Abschied für immer, ich könnte zurück, wann immer mir danach war. Vor ein paar Jahren nämlich hatte ich mir diese kleine Eigentumswohnung gekauft. Meine ganzen Erinnerungsstücke, meine Bilder, meine für mich so liebevoll eingerichtete Wohnung. All das würde ich zwar hinter mir lassen, aber der Weg zurück nach Deutschland wäre jederzeit als Notlösung möglich.

»Träumen ist immer so einfach, aber dass man so viel Kraft aufbringen muss, um sich selber einen Ruck zu geben.« Meine Mama sah mich erstaunt an.

»New York ist doch dein Traum! Diese Selbstzweifel kenne ich überhaupt nicht von dir, das wird aufregend, vertrau mir.«

»Ich weiß, aber ich lasse so viel zurück und damit meine ich nicht die materiellen Dinge.«

»Du weißt aber auch, dass du jederzeit zurückkommen kannst. Sei mutig, probiere es aus und entscheide dann erneut für dich, was du wirklich möchtest.«

Mir lief eine einsame Träne über die Wange, die meine Mama liebevoll wegwischte.

»Lass uns weiterpacken, das wird schon alles und in ein paar Wochen kommen wir dich auch schon besuchen. Dein Vater und ich sind sehr stolz auf alles, was du bis jetzt erreicht hast.«

Für ihre lieben Worte versuchte ich ihr ein kleines Lächeln zu schenken, damit sie nicht auch noch traurig würde. Aber ich sah, dass auch ihr Tränen in den Augen standen. Wir nahmen uns in die Arme und standen einen Augenblick einfach nur da.

Meine restlichen Klamotten waren schneller gepackt als gedacht, da aus Platzgründen nur meine absoluten Lieblingsteile mit durften. Ein Stapel Fotos von meinen engsten Freunden und meiner Familie platzierte ich noch gut gepolstert in meinem Kapuzenpullover und klappte den ersten Koffer zu. Im zweiten musste ich morgen nur noch eine kleine Auswahl an Schuhen unterbringen – dann war erst mal alles erledigt.

»Zur Belohnung eine Pizza, von unserem Lieblingsitaliener?« Meine Mama wusste ganz genau, womit man mich rumkriegen konnte.

»Tolle Idee! Und ich sehe mal im Keller nach, ob ich noch einen guten Rotwein finde!«

Wir ließen den Abend ganz entspannt ausklingen. Etwa eine Stunde später lag ich mit meinen New York-Reiseführern im Bett und erstellte eine neue Top 10-Liste mit Orten, die ich hier unbedingt als Erstes sehen wollte. Bücher, Laptop und Notizhefte lagen bereit, um morgen noch schnell im Handgepäck verstaut zu werden. Immerhin waren darin bereits meine ganzen Ideen, die ich für mein nächstes Buch sammelte. Das einzige Schreibproblem war im Moment definitiv Zeitmangel, aber das würde sich nach meiner Ankunft in New York bestimmt ändern.

Ich musste doch erschöpfter gewesen sein als gedacht. Nachdem ich am nächsten Morgen aufgewacht war, sah ich erstaunt, dass ich nur einen einzigen Ort aufgeschrieben hatte, den Central Park. Okay, dann würde meine Liste wohl auf die siebenstündige Flugzeit von Köln bis New York Liberty International Airport warten müssen, bis ich sie vervollständigen würde. Somit stopfte ich auch diesen Stapel mit allen Notizen und alles Restliche in mein Handgepäck und war vorerst zufrieden mit meinen Vorbereitungen.

Kapitel 5

Der letzte Tag gehörte ganz allein meinen Freundinnen, bevor es für mich losgehen sollte. Wir hatten diesen Abschied schon vor zwei Wochen geplant und einen Wellnesstag in einem naheliegenden Day-Spa gebucht.

»Hey, du bist ja früh dran«, sagte Jamie. Fröhlich kamen mir meine Mädels mit ihren Sporttaschen entgegen.

»Es ist so eine tolle Idee, diesen Tag zum Abschied mit Ruhe und Entspannung zu genießen. Danach kann mein Abenteuer starten«, entgegnete ich.

Wir redeten den ganzen Tag über alles Mögliche, schossen endlos viele Selfies und genossen alle Annehmlichkeiten, die sich uns dort boten. Sauna, Schwimmen – zum Glück hatte ich in letzter Sekunde meinen Bikini zu den restlichen Sachen in meine Tasche katapultiert –, in der Sonne liegen, Cocktails trinken und für jede das individuell gebuchte Wellnesspaket. Meins bestand aus einer Aromamassage mit ätherischen Ölen und einer Fußpflege.

Am späten Nachmittag hielt Melanie mir die Augen zu und der Rest der Bande kam mit einer kleinen Abschiedstorte um die Ecke, auf der eine Mini-Freiheitsstatue steckte.

»Ihr seid so süß! Was mache ich nur ohne euch? Ich werde euch so schrecklich vermissen!« Mir standen Tränen in den Augen.

»Hallo, das ist doch für uns alle die beste Chance günstig in den USA Urlaub zu machen«, warf Melanie sofort ein.

»Hoffentlich ist unser Gästezimmer frisch renoviert und liebevoll eingerichtet, wenn ich in ein paar Wochen das erste Mal zu Besuch komme!«, zwinkerte mir Jamie zu.

»Ich habe euch alle so schrecklich lieb!« Ich musste einfach jeden noch einmal feste drücken und klaute mir dann frech die Freiheitsstatue vom Kuchen. »Die nehme ich als Erinnerung an den heutigen Tag mit.«

Ich konnte weder aufhören zu weinen, noch konnte ich meine Freundinnen loslassen. So viele verschiedene Gefühle, die in der letzten Zeit auf mich eingebrochen waren, kamen genau in diesem Moment alle zusammen wieder hoch.

»Ihr müsst mich wirklich oft besuchen und bis dahin checke ich für euch die besten Locations.« Mühsam versuchte ich, ein überzeugendes Lächeln hinzubekommen. »Versprochen!«, bekam ich fast wie im Chor zurück.

Es war ein großartiges und zugleich beängstigendes Gefühl, wenn ich an die letzten Tage und Wochen zurückdachte. So viel hatte sich schon jetzt verändert, so viel Neues lag noch vor mir, so viele Träume zum Greifen nah. Ich konnte mein Glück kaum fassen, das sich alles für mich so schnell gewandelt hatte.

·· ♡♡♡ ··

Mein letzter Tag verging wie im Flug und jetzt war ich mit meinen Eltern schon auf dem Weg in Richtung Kölner Flughafen. Wir gaben meine Koffer auf und warteten bei einem letzten überteuerten Kaffee darauf, dass ich gleich einchecken würde.

»Melde dich, wenn du gut angekommen bist«, platzte es aus meiner Mama heraus. Für sie war dieser Abschied mindestens genauso schlimm wie für mich.

»Auf jeden Fall, ich werde sofort anrufen.«

Schon wieder standen mir die nervigen Tränen in den Augen. Ja, ich war bereit für diese Veränderung, aber ich hätte nie gedacht, dass mir jedes Mal fast das Herz stehenbleiben würde, wenn ich mich von meinen Liebsten trennen musste. Ich war in den letzten Tagen zur absoluten Heulsuse mutiert.

»Sobald ich meine Termine abgearbeitet habe, kommt ihr mich besuchen!?« Das klang jetzt, obwohl ich wusste, dass sie sofort kommen würden, eher wie eine Frage. Vielleicht wollte ich es auch einfach nur noch mal bestätigt bekommen, weil ich genau das jetzt brauchte.

»Ach Kleines«, begann mein Vater, »wir besuchen dich, sobald wir von dir grünes Licht bekommen. Und wenn du etwas brauchst, melde dich sofort. Und pass auf dich auf, halt immer die Augen auf …«

»Papa!«, unterbrach ich ihn. »Ich bin ja kein Kleinkind mehr. Das wird schon!« Nachdem ich beiden einen Abschiedskuss auf die Wange gedrückt hatte, ging ich schweren Herzens zum Einchecken.

Während des Fluges las ich mir noch mal meine Notizen durch, wie ich vom Flughafen am besten per S-Bahn zu meinem Apartment finden würde. Megan hatte mir zwar zugesichert, dass sie bis zu meiner Ankunft alles für mich geklärt hätte und sie mir dann schon die Schlüssel überreichen könnte, aber bisher hatte ich noch keine Neuigkeiten oder genaue Details von ihr erhalten. Ein Flug ins Ungewisse, hoffentlich würde alles so klappen, wie ich es mir wünschte.

Beim Grübeln musste ich wohl irgendwann eingeschlafen sein, denn eine junge Stewardess stupste mich an, um mich nach Getränke- und Essenswünschen zu fragen. Noch total neben mir bestellte ich mir eine Cola light und sah auf die Uhr. Wow, nur noch zwei Stunden und wir würden landen. Mir war überhaupt nicht bewusst gewesen, wie müde ich wohl gewesen war.

Die restliche Zeit, die sich wie Kaugummi zog, verbrachte ich mit einem kurzen Gespräch mit meinem Sitznachbarn, einem kräftigen Mann, vielleicht so Ende vierzig, der mit seiner Flugangst kämpfte. Bei jeder außergewöhnlichen Bewegung des Flugzeugs zuckte er erschrocken zusammen und hielt die Stuhllehnen so krampfhaft fest, dass ich dachte, er würde sie gleich abreißen.

Kapitel 6

Als ich nach der Landung mein Gepäck wieder in meinem Besitz hatte und das Handy anschaltete, rollte ich mein Hab und Gut in Richtung Ausgang. Ich entschloss mich, zuerst Megan anzurufen.

»Hi, ich bin's Emma, bin gerade gelandet, hast du schon Neuigkeiten für mich?«

»Ja, weiß ich bereits. Hatte mich online über deine Landung auf dem Laufenden gehalten und warte schon am Ausgang, gegenüber der Taxihaltestelle auf dich.«

»Super, ich freue mich! Dachte wir sehen uns erst später.«

»Dann sieh es als eine Art Willkommens-Überraschung und Privattaxi zu deinem neuen Apartment.«

Als ich sie in der Menge umherrennender Urlauber erkennen konnte, beendete ich den Anruf und legte einen Zahn zu, um schneller bei ihr zu sein.

Autsch! Tollpatschig stieß ich mit einem Ehepaar zusammen, das die Blicke bei seinem hastigen Durch-die-Flughalle-eilen auf die Anzeigetafel gerichtet und mich ebenfalls komplett übersehen hatte. Ich rieb mir noch meinen Oberschenkel, an dem mich die Kofferecke der Frau gestreift hatte, während die beiden mit einem flüchtigen »Sorry!« gehetzt weitereilten.

Ich konzentrierte mich erneut Richtung Ausgang und setzte mich wieder in Bewegung. Meine Freude war unendlich groß, in diesem ganzen Getümmel von Menschen wenigstens ein bekanntes Gesicht zu sehen. Wir umarmten uns zur Begrüßung, als wären wir schon ewig befreundet und würden uns nach langer Zeit endlich wiedersehen.

Megan nahm mir einen meiner Koffer ab und wir gingen zu ihrem in die Jahre gekommenen Auto, welches von innen genauso schäbig aussah, wie von außen. Auf der Fahrt zu meinem Apartment, die bei diesem Verkehr mehr einem ruppigen Stop-and-go als einer durchschnittlichen Fahrt glich, schrieb ich eine Nachricht an meine Eltern.

Hey, wollte euch nur kurz sagen, dass ich gut angekommen bin. Megan fährt mich gerade in mein neues Zuhause. Melde mich später, wenn ich wieder allein bin. Vermisse euch jetzt schon. Dicken Kuss! Emma

Obwohl der Weg vom Flughafen nicht weit war, saugte ich alle Eindrücke meiner neuen Wahlheimat in mich auf. Meine Trauer und Nervosität waren wie weggeblasen und ich freute mich unglaublich auf das Ankommen in meiner Wohnung.

»Ich habe später noch einen Termin. Kann ich dir noch etwas besorgen? Sollen wir irgendwo halten?«

Ich wurde aus meinen Gedanken gerissen und wandte meinen Blick von den beeindruckenden Häusern ab, die dicht an dicht in die Höhe ragten.

»So eine Großstadt ist schon etwas ganz anderes, als ich es kenne. Sorry, dass ich nicht ganz bei der Sache bin. Das hier ist der absolute Wahnsinn! Ich kann es noch gar nicht glauben, endlich hier zu sein.«

Megan musste grinsen. »Es ging mir ganz ähnlich, als ich damals hierhergezogen bin. Diese Stadt schläft nie.«

Ich ertappte mich dabei, wie ich wieder mit halb offenem Mund die Gegend auskundschaftete.

»Hm? Vielleicht können wir kurz an einem Supermarkt halten, dann würde ich mich mit ein paar Grundsachen eindecken.«

Megans Grinsen wurde breiter. »Ist längst für dich erledigt. Ich hatte zwar keine Ahnung, was du am liebsten isst, daher habe ich einfach ein paar meiner Lieblinge gekauft. Übrigens liebe Grüße von Michael, das war seine Idee.«

»Oh, das ist nett. Danke, das wäre …«.

Sie unterbrach mich. »Doch das war es. Michael meinte, wir helfen dir am Anfang ein wenig, um dir den Start zu erleichtern.«

»Wow«, war das Einzige, was ich jetzt gerade rausbrachte und doch so komisch klang, dass wir beide lachen mussten. Ich war erleichtert, hatte ich mir doch über Tage hinweg den Kopf zerbrochen, wie ich heute alles schaffen würde. Megan hielt in einer kleinen Parklücke und half mir, die Koffer bis zur Wohnungstür zu bringen. Dann überreichte sie mir den Schlüssel.

»Viel Spaß beim Eingewöhnen. Auf dem Wohnzimmertisch habe ich ein paar Speisekarten von guten Lieferservices hingelegt.«

»Super, danke! Du hast wirklich an alles gedacht.«

Ich musste sie zum Abschied kurz drücken, weil ich es außergewöhnlich nett fand, dass sie so hilfsbereit war.

Während Megan zurück zum Auto ging, drehte sie sich noch einmal zu mir um.

»Emma!«

»Ja?«

»Ich rufe dich morgen an, dann können wir einen Kaffee trinken gehen und deinen Terminplan durchsprechen.«

»Perfekt, freue mich!«, konnte ich Megan noch hinterherrufen. Dann verschwand sie aus meinem Blickfeld.

· · ♡ ♡ ♡ · ·

Am nächsten Morgen wachte ich mit einem unzufriedenen Gefühl auf. Die Wohnung wirkte kalt und unpersönlich und ich fühlte mich einsam. Außer dem Präsentkorb mit frischem Obst, der mit einer kleinen Grußkarte versehen war, gab es in dieser Wohnung überhaupt nichts Fröhliches. Alles wirkte heute so dunkel. Ich schleppte mich in die Küche, um die Kaffeemaschine anzustellen, und kramte meinen Reiseführer hervor, um eventuell eine Empfehlung für eine Shoppingtour zu finden. Dann würde ich mir erst mal bunte Dekorationsartikel und einige Pflanzen oder Blumen kaufen, um hier mehr Pep und meinen eigenen Stil reinzubringen.

Während ich meinen Kaffee trank, schaltete ich mein Handy ein. Es blinkte und vibrierte fast gleichzeitig. Eine SMS war von Fabienne und eine von Megan. Fabi, meine sehr gute Freundin war mit ihrem Mann, der auch zu meinen besten Freunden gehörte, schon vor zwei Jahren in die Staaten gezogen. Die beiden wollten wissen, wie es mir geht, und mir sagen, dass sie die Flüge gebucht hatten, um mir bei meiner ersten Lesung beizustehen. Sie freuten sich beide riesig, mich bald wiederzusehen. Fabiennes Nachricht munterte mich auf. Ich hatte sie und Luis schon viel zu lange nicht mehr gesehen und freute mich riesig, sie bald zu treffen. Mein Lichtblick am Horizont.

Megan schrieb nur kurz.

Passt dir 14 Uhr auf einen Kaffee in Upper East Side? Könnte dich abholen.

Oh ja, raus aus diesen vier Wänden und rein ins Leben. Ich antwortete sofort.

Hört sich super an, freue mich!

Ich mich auch. Bis gleich.

Da ich länger geschlafen hatte als gedacht, würde ich es gerade noch schaffen, unter die Dusche zu hüpfen und mir etwas Frisches anzuziehen. Ich schnappte mir meinen New York-Koffer, nahm mir meine Lieblingsjeans, einen Hoodie und den Kosmetikbeutel heraus und verschwand im Bad.

Ich war gerade dabei meine langen braunen Haare durch ein Glätteisen zu ziehen, als es an der Tür klingelte. Mist, doch nicht ganz fertig geworden. Aber da meine Haare eh immer eigene Vorstellungen haben, welche komplett an meinen – von langen glatten Haaren – vorbeigingen, ließ ich sie heute einfach hängen, wie sie waren. Ich schlüpfte in meine Sneakers und öffnete die Tür.

»Hi.«

»Schon fertig?«, fragte Megan.

»Klaro, wohin fahren wir?«

»Lass dich überraschen.« Sie lächelte. »Es ist eines meiner Lieblingscafés, der Kaffee und die Cookies dort sind ein Traum.«

»Es ist schön, endlich mal etwas von der Stadt zu sehen, ich freue mich so!« Meine Abenteuerlust auf Neues war komplett geweckt.

Während der Fahrt nach Upper East Side, die gar nicht so weit war, durch den starken Verkehr aber verhältnismäßig lange dauerte, genoss ich die Gelegenheit, mich ein wenig umzusehen. An die Verkehrsverhältnisse musste ich mich erst gewöhnen. Glücklicherweise hatte ich mir schon alle notwendigen Informationen der New York City S-Bahn heruntergeladen. Aber heute konnte ich während der Fahrt einfach die neuen Eindrücke auf mich wirken lassen.

Es war schon Wahnsinn, wie viele Menschen in dieser Stadt wohnten. Ein krasser Weltenwechsel, den ich hier erlebte. Aber es war auch schön, einen Neuanfang zu wagen und damit erst mal dem Alltag zu entfliehen. Wie Urlaub, nur ohne Rückflugticket. Ich war gespannt, wie lange dieses Gefühl wohl anhalten würde.

Der Kaffee war wie versprochen einfach spitze! Vorsichtig nippte ich an meinem sehr heißen Becher, um mich nicht zu verbrennen. Da saßen wir nun, in der Nähe des Central Parks auf der mageren Außenbestuhlung eines kleinen Cafés. Die Sonne schien zum Glück nicht zu stark, sodass wir auch ohne Sonnenbrille gut sehen, aber dennoch die sanfte Wärme auf der Haut spüren konnten.

»Geht es dir gut?«, fragte Megan.

»Jetzt gerade? Auf jeden Fall.« Und es war nicht gelogen, das gerade im Hier und Jetzt entsprach genau meinen Vorstellungen.

»Hast du dir schon Gedanken über deine erste Lesung gemacht? Immerhin sind es nur noch wenige Tage.«

Ganz spontan antwortete ich. »Ich habe mir schon die Stellen im Buch markiert und übe täglich laut zu lesen. Wenn ich darf, könnte ich dir die Tage auch mal etwas vorlesen. Du musst aber versprechen, ehrlich deine Meinung zu sagen.«

Sie lächelte mich an. »Klar doch, wenn du magst, helfe ich dir mit der richtigen Aussprache. Michael hat mir auch eine Telefonnummer von einer Sprachtrainerin für dich mitgegeben. Sie weiß schon Bescheid, du musst sie nur anrufen.«

»Super, zuerst würde ich aber gerne deine Meinung hören!« Mein leicht fragender Blick brachte sie wieder zum Lächeln und sie nickte zustimmend.

Dann besprachen wir erst mal den Ablauf der ersten drei Lesungen. Hier in New York musste ich einfach nur rechtzeitig mit dem Taxi vor Ort sein. Michael würde dann im Laufe des Abends eintreffen und mir beistehen. Beim zweiten Termin würde ich für drei Tage nach Texas reisen und danach weiter nach Los Angeles. Flugtickets, Transfer und Unterkunft würde Megan über die Agentur für mich buchen und mir alle Unterlagen ein paar Tage vorher vorbeibringen.

»Vor Ort musst du dann aber mehr oder weniger allein durch. Michael erklärt dir den genauen Ablauf nach der ersten Lesung.«

Das hörte sich schon mal nicht schlecht an.

»Ich habe zwar großen Respekt vor dem Ganzen, aber zum Glück ist meine Freude und Neugier größer.«

»Hast du noch Fragen?«

Ich drückste erst kurz rum, dann fiel mir in letzter Minute doch noch etwas ein.

»Magst du mit mir abends mal was trinken gehen? Ich würde so gerne die Lichter von New York von einer Rooftop-Bar aus sehen.«

»Das ist alles? Super gerne! Zu deinem Glück kenne ich da auch was richtig Tolles mit schöner Aussicht.«

Ich freute mich. Das würde bestimmt total gut werden. Wir einigten uns darauf, dass wir spätestens morgen telefonieren würden, und machten uns auf den Weg in Richtung Parkgarage. Unterwegs legten wir einen kurzen Stopp ein, als wir an einem kleinen süßen Blumenladen vorbeifuhren, der uns durch seine bunte Dekoration schon von der Straße aus auffiel. Und nicht nur die Außendekoration wirkte vielversprechend. Innen gab es fast für jeden Geschmack einen eigenen Bereich. Es zog mich direkt in die Ecke mit kleinen Bilderrahmen, die mit ihren Pastellfarben so schön aussahen, dass ich gar nicht anders konnte als mir gleich zwei davon mitzunehmen.

»Wolltest du dir nicht nur einen Strauß Blumen kaufen?«

Ich warf Megan einen Seitenblick zu.

»Bis jetzt hat mein Apartment noch überhaupt keine persönliche Note. Ein bisschen mehr Farbe macht alles viel fröhlicher.«

Megan nahm mir die Bilderrahmen aus der Hand, als sie sah, wie problematisch es war, gleichzeitig die Teelichthalter in türkis gefärbtem Glas von allen Seiten zu betrachten und die Rahmen zu halten.

»Danke. Wie findest du die?«

»Sehr süß. Dort drüben gibt es ähnliche Vasen.« Sie ging zu einem weiteren Tisch rüber. »Was denkst du?«

»Schön, dann nehme ich davon auch zwei und noch ein paar bunte Blumen mit … Dann aber nichts wie raus hier, bevor ich noch mehr finde und es zu teuer wird.«

Wir mussten beide lachen. Es machte wirklich Spaß, gemeinsam Zeit zu verbringen. Nachdem ich bezahlt hatte, fuhr Megan mich nach Hause und ich freute mich wie ein kleines Kind über meine Einkäufe und darauf, dass wir beide morgen Abend ausgehen würden.

Kapitel 7

*I*ch stand vor meinem Spiegel und versuchte, mich für den heutigen Abend hübsch zu machen. Vor lauter Arbeit war ich schon eine gefühlte Ewigkeit nicht mehr richtig ausgegangen. Mein blaues Hängekleidchen sah ganz süß aus, mein Make-up war mir auch gut gelungen, nur meine Haare meinten wieder, sich nicht bändigen zu lassen. Euch zeig ich's schon! Mit einer extra großen Portion Haarschaum und meinem Lockenstab sagte ich ihnen den Kampf an. Zwanzig Minuten später ergaben sie sich ihrem Schicksal und ich packte noch schnell genug Geld und meinen Lieblingslipgloss in meine Handtasche. Ich war bereit und machte mich, ausnahmsweise mal pünktlich, auf den Weg.

Megan saß in ihrem Auto und wartete schon auf mich. Normalerweise wirkte sie mit ihrem zarten Make-up immer so natürlich, aber für heute hatte sie sich auch etwas stärker geschminkt.

»Hi, wartest du schon lange?«

»Nö, bin gerade erst gekommen.«

»Wow, du siehst toll aus!«, was der Wahrheit entsprach, da sie sich stark von ihrem sonstigen grauen Mäuschen-Style abhob.

Megan war etwas kleiner als ich und mit ihren halblangen blonden Haaren das genaue Gegenteil von mir. Sie trug ebenfalls ein Kleidchen, allerdings war es übersät mit vielen Blümchen. In solchen Kleidchen fühlte ich mich immer wie eine Rentnerin, aber zu ihr passte es ausgezeichnet. Es unterstrich ihre süße Art perfekt.

Als wir in der Bar eintrafen, wurden alle meine Erwartungen übertroffen. Man hatte hier eine einzigartige Aussicht und konnte noch weiter sehen, als ich es mir vorgestellt hatte. Es war wunderschön! Ich blieb stumm stehen und ließ meinen Blick über die tieferliegenden kleinen Terrassen und die anderen Bars schweifen. Überall genossen Menschen den New Yorker Lifestyle im Freien.

»Und? Ist es, wie du es dir erhofft hattest?«

»Ja, und noch viel schöner!«

Während ich noch ganz und gar in den Augenblick vertieft war, kam ein Kellner, der uns jetzt zu dem einzigen noch freien Tisch führte.

»Da haben wir aber Glück, dass noch genau ein Tisch für uns frei ist«, flüsterte ich Megan leise zu. Sie schmunzelte.

»Na ja, ich hatte heute Mittag schon einen Tisch bestellt. In New York ist es immer sinnvoll, einen Platz zu reservieren, sonst hätten wir bestimmt nichts mehr bekommen.«

Was für ein Glück, dass sie immer an alles dachte. Es waren zwar viele Leute hier, dennoch wirkte es nicht überfüllt. Wir bekamen den freien Tisch zugewiesen, der zu meiner Freude ganz am Rand stand und ich somit den ganzen Abend diesen Ausblick genießen konnte. Eine leichte Brise wehte in unregelmäßigen Abständen durch mein Haar und in mir breitete sich ein Gefühl von Freiheit aus. Wir tranken den ein oder anderen leckeren Cocktail, erzählten uns allerlei möglichen Kram und genossen diesen entspannten Abend in vollen Zügen.

Bevor wir uns am frühen Morgen aufmachen wollten, bemerkte ich auf dem Weg zur Toilette, dass ich vielleicht ein wenig zu viel getrunken hatte, und musste kurz anhalten, um mich irgendwo festzuhalten. Ich hatte die Orientierung verloren und fühlte mich auf einmal überhaupt nicht mehr gut. Mein Magen zog sich zusammen und ich hoffte nur, dass ich mich jetzt nicht übergeben musste. Zudem stellte ich erschrocken fest, dass mein ›irgendwo festhalten‹ auf einmal mit mir sprach.

»Hey, alles OK? Magst du dich setzen?«

Oh nein, anstatt mich an einem Möbelstück oder an einer Wand festzuhalten, stand ich viel zu dicht an einem unbekannten Mann und krallte mich an seinen Armen fest. Seine Hände stützten mich, während ich verlegen meinen Blick abwendete und versuchte, mich nach Megan umzudrehen. Leider konnte ich sie nirgends entdecken.

Er sprach mich erneut an. »Alles OK?«

Ich wollte antworten, aber es begann sich alles um mich herum zu drehen und ich konnte meine Umgebung nur noch verschwommen wahrnehmen. Meine Beine gaben auf einmal nach und ich spürte nur noch die Hände, die mich hielten. Dann war auf einmal alles schwarz …

·· ♡♡♡ ··

Ich erwachte in meinem Bett und fühlte mich richtig elend. Das hat man nun davon, wenn man nach ewigen Zeiten mal wieder was trinkt. Ich hätte es besser wissen müssen. Ich nahm meine Hände in der Hoffnung an den Kopf, die Schmerzen würden etwas nachlassen. Aber es half mir überhaupt nicht weiter. Langsam hievte ich meine Beine aus dem Bett, um mir eine Schmerztablette aus der Küche zu holen. Ganz vorsichtig richtete ich mich auf, um dann im Spiegel erkennen zu können, dass ich genauso aussah, wie ich mich fühlte. Wie ein halbtoter Zombie mit verschmierter Schminke! Aus meiner Küche hörte ich leise Musik und das Geräusch der Kaffeemaschine. Wie Megan mich wohl nach Hause gebracht hatte? Erst mal ab unter die Dusche, war das Einzige, was ich mir außer einer Aspirin noch wünschte. Also schleppte ich mich ins Bad und genoss die warmen Wasserstrahlen, die sanft meine Haut berührten.

Zehn Minuten später, nicht mehr ganz so zombiehaft, kam ich aus dem Bad und fühlte mich minimal besser. Ich streifte mir schnell ein Tanktop und eine Jogginghose über und bewegte mich in Richtung Küche, um mir einen Kaffee und meine Tablette zu gönnen und mich für gestern Abend zu entschuldigen. So hatte Megan sich einen Mädelsabend bestimmt nicht vorgestellt. Während ich noch mit der Suche nach meiner Lieblingstasse beschäftigt war, kam mir von der Couch ein doppeltes »Guten Morgen« entgegen.

Ich zuckte zusammen und drehte mich langsam um. Megan lag in eine Decke gehüllt auf meiner Couch und daneben, in meinem einzigen Sessel, saß ein Fremder, der seinen Kaffee aus meiner Lieblingstasse trank. Er war recht groß, hatte kurze dunkelblonde Haare und breite Schultern. Von der kurzen Nacht sichtlich übermüdet, sah er mich mit einem Lächeln an. Dieses wirkte nur leider so, als ob ihn die Situation belustige.

»Kennst du mich noch von gestern?«

»Nein, müsste ich?«

»Du bist mir in die Arme gelaufen und hast kurz darauf dein Bewusstsein verloren.«

Oh nein, wie peinlich! Ich lief rot an und wusste auch nicht recht, was ich darauf antworten sollte. So ganz grob konnte ich mir diese extrem peinliche Situation wieder vor Augen führen.

»Wie habt ihr mich nach Hause gebracht?«

Megan verkniff sich ein Lachen. »Glaub mir, die Details möchtest du nicht wissen. Zum Glück hatte sich Ben bereit erklärt, mir zu helfen, ansonsten wären wir bestimmt noch immer in der Bar.«

»Es tut mir so leid, ich wollte euch keine Arbeit machen.« Mir vorzustellen, wie das wohl abgelaufen sein musste, war in diesem Moment, noch dazu mit leichten Kopfschmerzen, einfach zu viel für mich.

»Fangen wir noch mal von vorne an. Ich bin Ben.«

»Hi, ich bin Emma.«

Er streckte mir seine Hand zur Begrüßung hin. »Es freut mich, dich im nüchternen Zustand kennenzulernen.« Während er das sagte, umspielte ein freches herausforderndes Lächeln seinen Mund.

»Nicht witzig«, gab ich gespielt verärgert zurück.

Megan krabbelte aus ihrem Deckenhaufen hervor.

»Dann kann ich euch zwei Lieben ja jetzt allein lassen, immerhin muss ich langsam mal zur Arbeit.«

Sie packte ihre Sachen zusammen und ich begleitete sie zur Tür.

»Du kannst mich doch mit dem Typen nicht allein lassen!«, versuchte ich ihr mit gedämpfter Stimme klarzumachen.

»Doch kann ich, er ist wirklich superlieb und hilfsbereit. Du hast dich wohl instinktiv am Richtigen festgehalten.«

»Immer noch nicht lustig«, gab ich erneut mit versuchter Grimmigkeit zurück und nahm sie zum Abschied einmal fest in den Arm. »Danke!«

»Mach dir keine Gedanken, kann jedem mal passieren.«

Ich sah ihr noch hinterher, bis sie durch die Allee nicht mehr in meinem Sichtbereich war. Dann ging ich wieder zurück. Da saß nun dieser fremde Mann in meinem Wohnzimmer und sah mich erwartungsvoll an.

»Möchtest du noch einen Kaffee?«, fragte ich ihn schüchtern, da die Situation schon ein wenig seltsam war.

»Gerne. Aber setz dich ruhig, ich mache das schon.« Er stand auf und ging in Richtung Kaffeemaschine. »Soll ich dir auch noch nachgießen?«

»Das wäre genau das Richtige, danke.« Etwas wackelig auf den Beinen ging ich zu meinem Sofa.

»Du bist ganz schön blass, brauchst du irgendetwas? Es sieht bei dir nicht so aus, als hättest du alles für ein Frühstück im Haus. Ich könnte noch schnell was besorgen, wenn du magst.« Sein leicht besorgter Blick verwirrte mich.

»Das ist lieb, aber warum möchtest du das für mich tun? Du kennst mich doch überhaupt nicht.« Er wirkte so selbstbewusst und stark, aber es wunderte mich schon, dass er mir als Fremden, die ihn nachts als Stützhilfe missbraucht hatte, jetzt auch noch helfen wollte. Ich war beeindruckt von seiner hilfsbereiten Art.

»Wäre aber kein Problem, da ich nachher eh noch ein paar Dinge erledigen muss. Ich könnte dir später vorbeibringen, was immer du benötigst. Oder wir essen heute Abend etwas zusammen, wenn du magst. Dann könnte ich in einem nachsehen, ob es dir gut geht.«

Mit einem leichten Lächeln wartete er auf meine Reaktion. Dass er sich um mich sorgte, verwirrte mich erneut und ich nickte ihm nur etwas unsicher zu. Sichtlich erleichtert über meine Zustimmung, sprang sein jetzt selbstsichereres Lächeln auf mich über.

»Ok, magst du Pizza oder soll ich lieber etwas vom Chinesen mitbringen?«

»Wie du magst. Pizza hört sich aber gut an. Du musst dich aber nicht verpflichtet fühlen, noch mal nach mir zu sehen. Bin ja schon ein großes Mädchen.«

»Soll ich dich anrufen, bevor ich vorbeikomme?«

Ich gab ihm, wie selbstverständlich und ohne lange zu überlegen, meine Nummer. Er trank den Rest seines Kaffees in einem großen Schluck aus und machte sich auf den Weg in Richtung Tür.

»Bis später. Freue mich!«

»Bye, ich mich auch.« Hatte ich das jetzt wirklich gesagt?

Zurück in meiner Wohnung schaltete ich meinen neuen Fernseher ein und ließ mich auf die Couch fallen. Glücklicherweise fühlte ich mich noch so müde und erschöpft, dass ich die Zeit nutzen wollte, um mich auszuruhen. Statt mir über all das Gedanken zu machen, beschloss ich, noch ein wenig zu dösen, und schlief schneller ein als erwartet.

Zwei Stunden später wurde ich vom Fernsehprogramm geweckt, da sich zwei Personen in einer Realityshow heftig stritten. Blitzschnell wurde mir klar, dass ich ja gleich Besuch bekommen würde.

Oje, trotz des immer noch leichten Pochens in meinen Schläfen sprang ich viel zu schnell auf, um mir ein leichtes Make-up aufzulegen und ein ernstes Wort mit meinen Haaren zu reden. Mein Kreislauf teilte mir aber ganz schnell durch ein kurzes Schwindelgefühl mit, dass ich lieber noch langsam machen sollte. Mich von Möbelstück zu Möbelstück stützend, ging ich im Schneckentempo ins Bad und reduzierte meine Verschönerungen auf eine getönte Tagescreme, etwas Lidschatten und Mascara. Das müsste erst mal reichen. Jetzt sah ich nur noch halb tot aus, was wenigstens eine kleine Verbesserung war.

Wo war eigentlich mein Handy? Nachdem ich fast alle Ablagestellen kurz abgescannt hatte, fiel mir ein, dass es bestimmt noch auf meinem Nachttisch lag. Wo es, oh Überraschung, auch war und wie verrückt blinkte. Ben – besser gesagt eine mir unbekannte Nummer, die ich jedoch spontan ihm zuordnete – hatte schon versucht anzurufen und danach eine Nachricht geschickt.

Nachdem ich sie angeklickt hatte, sah ich, dass sie wirklich von Ben war.

Hey du, hoffe es geht dir schon ein wenig besser. Brauchst du noch Aspirin? Bin ansonsten fast fertig mit meinen Erledigungen und nach meinem letzten Stopp im Einkaufszentrum gleich wieder bei dir. Freue mich auf den Nachmittag! Gruß, Ben

Er hatte ein freches Smiley hinzugefügt, das den Daumen nach oben hielt. Dann würde ich wohl gleich Männerbesuch bekommen. Bei meinem nächsten Telefonat mit meiner Mama sollte ich das alles wohl lieber erst mal für mich behalten. Sie wünschte sich schon so lange, dass ich endlich öfter ausgehen und dann am liebsten den Richtigen mitbringen würde. Mütter eben!

Ich kam nicht mehr zum Antworten, da klingelte es schon an der Tür. Ben stand mit einer Einkaufstüte und einem breiten Lächeln vor mir und nahm mich überraschend und sehr umständlich mit seiner Tüte in der Hand in den Arm.

»Geht es dir besser? Du siehst schon nicht mehr ganz so blass aus.«

»Ja, danke. Habe eben noch ein wenig geschlafen.«
Er war so locker drauf, dass seine Gegenwart in meinen vier Wänden sich überhaupt nicht fremd anfühlte. So, als würde mich ein guter Freund besuchen kommen.

»Bestellen wir jetzt Pizza?« Wie selbstverständlich brachte er seine Mitbringsel rüber in die Küche und begann sofort, sie auszupacken. Obwohl er beschäftigt war, bemerkte ich sofort, dass seine Blicke mich ganz genau beobachteten.

»Hört sich gut an.«

»Hast du spezielle Wünsche oder vertraust du meinem guten Geschmack?«

Was Essen anging, war ich schon als Kind kompliziert gewesen, aber heute war ich durchaus bereit einmal mutig zu sein, obwohl ich hoffte, er würde eine Standardpizza bestellen.

»Du machst das schon«, gab ich kurz zurück. Als wenn dies sein Stichwort gewesen wäre, schnappte er sich sein Handy und bestellte.

Der Rest des Tages war einfach nur schön, da man mit Ben einfach drauflosreden konnte und alles so selbstverständlich und unkompliziert wirkte, als wären wir schon jahrelang befreundet. Auch merkte er immer, wenn ich ihm nicht sofort antwortete, dass ich ihm nicht mehr folgen konnte. Dann gestaltete er die Sätze komplett vereinfacht um, was für mich eine große Erleichterung war. Als er sich am Abend aufmachte, war ich fast ein wenig traurig, dass er schon gehen musste.

»Es tut mir unglaublich leid, dass ich schon gehen muss, aber morgen früh reise ich beruflich nach Texas und muss noch packen. Ich fände es wirklich schön, wenn wir uns wiedersehen würden.«

Wie süß, dieses kleine Glücksgefühl hatte ich schon lange nicht mehr verspürt. Vielleicht war es sogar ein Zeichen, dass wir zur selben Zeit beruflich in Texas sein würden.

»Ich bin in etwas über einer Woche auch für drei Tage zu einer Lesung in Austin. Vielleicht können wir uns …«

Mit einem breiten Lächeln griffen seine großen starken Hände sanft nach meinen und er schnitt mir den Satz ab. Voller Begeisterung begann er draufloszureden.

»Ich war jetzt schon so oft in Austin, ich kann dir die schönsten Ecken zeigen, wenn du magst. Dort gibt es so viele Bars, in denen erstklassige Musik gespielt wird. Auch sonst hat diese Stadt mehr zu bieten, als man denkt. Ich bin mir sicher, du wirst sie lieben.«

»Das wäre wirklich schön.«

Seine Hand streifte vorsichtig an meiner vorbei, bevor er mich zum Abschied kurz drückte.

»Vielleicht war es ja Schicksal, dass du mich gestern fast umgerannt hast.«

Es war mir immer noch so unangenehm, dass ich merkte, wie mir die Röte ins Gesicht stieg.

»Hör auf, das ist mir total peinlich«, gab ich zu meinem Bedauern etwas zu pampig zurück.

Langsam löste er seine Umarmung, was ich sehr schade fand, da ich die Wärme seines Körpers und seine Zuneigung sehr genoss. Dann sah er mir tief in die Augen.

»Wir bleiben in Kontakt und du meldest dich, wenn du weißt, wann genau du kommst?«

»Auf jeden Fall«, flüsterte ich ihm leicht traurig zu. Diesmal waren es meine Hände, die beim Auseinandergehen zufällig seine Hüften streiften, wobei ich bemerkte, wie durchtrainiert sein Körper war.

Auf dem Weg zu seinem Auto drehte er sich klischeehaft noch einmal zu mir um und ich winkte ihm schüchtern zu. Dann war er auch schon weg. Was für ein schöner Tag! Noch total aufgewühlt von meinen Gefühlen verschwand ich in meiner Wohnung. Nachdem ich mich im Bad fertiggemacht hatte, fiel ich müde ins Bett. Es dauerte auch nicht lange, bis ich nach all diesen aufregenden Ereignissen einschlief.

·· ♡♡♡ ··

Kapitel 8

Es war ein kleiner Buchladen am Stadtrand, was mir sehr entgegenkam, da ich mir einen sanften Einstieg vor wenig Publikum erhoffte. Ich stand vor einem der großen Schaufenster und überflog die ausgestellten Bücher, wobei man auf Anhieb erkennen konnte, dass der Schwerpunkt dieser Dekoration auf Neuerscheinungen lag. Die rechte Hälfte des Fensters war nur mit Büchern für den heutigen Tag ausgelegt, an denen kleine Aushängeschilder auf die Buchvorstellungen hinwiesen.

Wow, da stand mein Buch in einem kleinen durchsichtigen Aufsteller ganz rechts an der Seite. Auf einem kleinen Schild waren Name und Uhrzeit meiner Lesung notiert. Auch wenn mich dieser Anblick zutiefst mit Freude erfüllte, hatte ich unglaubliche Angst. Vor dem heutigen Tag hatte ich jetzt schon lange Panik geschoben, aber als ich heute Morgen aufwachte, war es besonders schlimm. Mir war bewusst, dass es jetzt so weit war und es auch kein Zurück mehr gab. Hätte ich vorher gewusst, dass es sich bei diesem liebevoll eingerichteten New Yorker Buchladen um eine kleinere Variante handelte, hätte ich die letzten Tage durchaus entspannter verbringen können. Na ja, vielleicht, vielleicht aber auch nicht.

Ich gab mir selbst einen kleinen Stups, sprang über meinen Schatten und öffnete die Tür. Ich liebte diese kleinen Läden, die leider mit den großen Ketten nicht Schritt halten konnten und vom Aussterben bedroht waren. Dieser hier hatte nur kleine Ausstelltische, an denen ich langsam vorbeischlenderte und der Beschilderung folgte. Sie wies den Weg zu zwei kleinen Räumen, in denen die Lesungen stattfinden sollten. Ich beruhigte mich selbst damit, dass es ganz normal war, beim ersten Mal nervös zu sein. Um mir aber die Zeit zu vertreiben, stöberte ich unter den verschiedenen Büchern nach etwas Interessantem und zugleich einfach Geschriebenen.

Schon siebzehn Uhr, fuhr es mir durch den Kopf. In einer halben Stunde ging es los. Glücklicherweise konnte ich für diesen ersten Lesetermin eine meiner besten Freundinnen überreden, für mich vorzutragen. Ich traute es mir mit meiner gruseligen Aussprache einfach nicht zu, die Lesung einigermaßen akzeptabel über die Bühne zu bringen. Mir war schon klar, dass ich das freie Reden üben und ich mich beim nächsten Mal meiner Angst stellen musste. Beim nächsten Mal, aber nicht heute.

Ich war unglaublich neugierig, die Leute zu beobachten, die sich mein Buch anhören würden. An ihren Gesichtern zu erkennen, ob sie mein Buch gut fänden, oder eben auch nicht, war fürs erste Mal definitiv genug Aufregung.

Da mein Buch noch nicht an der Reihe war, betrachtete ich, was meine ›Artgenossen‹ so vorstellen würden. Momentan bereiteten sich zwei Schriftsteller parallel in je einem der beiden Räume darauf vor, aus ihren Büchern zu lesen. Das erste war ein Jugendroman über die erste Liebe, das zweite ein Kinderbuch mit einer lustigen Monsterfigur auf dem Cover, welches das Selbstvertrauen von Kindern stärken sollte. Na ja, beides war jetzt nicht wirklich meine Welt. Als vierunddreißigjähriger Single, ganz ohne Teenie-Herzschmerz und Kleinkinder, hätte ich mir wohl keins der beiden Bücher näher angesehen. Jetzt aber, wo ich mir die Zeit unbedingt vertreiben wollte, um meine Nervosität in den Griff zu bekommen, entschied ich mich für das Monster.

Eine Horde laut plappernder Kinder tummelte sich auf Sitzkissen um einen eher unscheinbaren großen schlanken Mann, der wiederum seine Nervosität damit zu überspielen versuchte, die Kleinen zu belustigen. Er wirkte sehr sympathisch und die Kids konnte es kaum erwarten, dass er endlich anfing. Da stand ich nun, ziemlich verloren mit dem Buch in meiner Hand, inmitten der vielen Kinder.

»Hi, ich bin Jake«, fing er an. »Seid ihr alle startklar?« Alle unter zehn Jahren jubelten ihm jetzt begeistert zu. Trotz des ohrenbetäubenden Lärms machte er sich bereit und schlug sein Buch auf. Schlagartig wurde es ganz ruhig. Er hieß Jake Cornwell und war ein ganz eigener Typ mit leicht verwuschelten Haaren, die ihm etwas bis über die runde Brille reichten. Seine freundlichen Augen wanderten ein letztes Mal in Richtung seiner beiden Freunde oder vielleicht auch seiner Familienmitglieder, um dort noch ein wenig Mut und Sicherheit zu tanken. Jetzt holte er noch einmal tief Luft und begann vorzulesen. Schon während der ersten Sätze wurde er immer fröhlicher. Sein Lächeln und seine positive Ausstrahlung schafften es innerhalb weniger Minuten, alle kleinen Zuhörer in seinen Bann zu ziehen. Selbst ich vergaß für kurze Zeit, wieso ich eigentlich hier war. Immerhin war das ja heute mein großer Abend und ich hatte beim besten Willen wirklich nicht das Ziel, mir Kinderbücher anzuschauen. Andererseits bewunderte ich den Mut, das eigene Buch mit solchem Stolz und Freude vorstellen zu können. Das ist doch der große Tag, von dem jeder Autor träumt. Die Chance, das eigene Buch vorstellen zu dürfen, ist gekommen. Man erlebt die Reaktionen der Zuhörer, darf Fragen beantworten und seine eigenen Interpretationen erklären. Waren es wirklich meine schlechten Englischkenntnisse, die ich hier als Grund vorgab, damit Fabienne mein Buch vorlas, oder fehlte mir einfach nur genügend Selbstvertrauen?

Die Ruhe endete abrupt, als der Kinderbuchautor fertig war und die Kids ihn mit vielen Fragen bombardierten. Der Reihe nach beantwortete er seinen kleinen Leser die Fragen und strahlte selbst dabei eine Geduld aus, die mich neidisch werden ließ. Zusätzlich signierte er ein Buch nach dem anderen. Das kleine Monster aus seiner Geschichte hatte er sogar als winziges Kuscheltier an seiner Seite. Gleich zwei seiner Fans wollten unbedingt noch ein Foto mit ihm und diesem niedlichen Tierchen als Erinnerung machen. Es war wirklich süß, wie liebevoll er mit den Kindern umging. Sollte ich mir auch ein Autogramm holen? Aber wozu? Es würde doch reichen, wenn ich mir ein Exemplar mitnahm – zum Verschenken natürlich. Ich war wohl recht lange mit dem Begutachten des Buches beschäftigt, als mir plötzlich jemand auf die Schulter tippte.

»Hi. Gefällt dir das Buch?«

Oje, das war jetzt echt schräg. Er stand mir gegenüber und ich versuchte verzweifelt, meine Gedanken in einen möglichst sinnvoll formulierten englischen Satz zu bringen.

»Yep, es sieht toll aus.«

Wow, war das jetzt das Einzige, was mir dazu einfiel?

»Möchtest du es signiert haben?« Seine braunen Augen wirkten aus der Nähe noch freundlicher und strahlten in einer unglaublichen Wärme. Aus irgendeinem Grund irritierten sie mich völlig.

»Du kommst nicht von hier, oder? Machst du hier Urlaub?«, fragte er mich, während er die erste Seite zum Unterzeichnen aufschlug.

»Ich komme aus Deutschland, bin aber vor anderthalb Wochen nach New York gezogen.«

Wieso erzählte ich ihm von meinem Umzug?

Er blickte kurz zu mir auf. »Wow, ein ganz schön mutiger Schritt.«

»Ich wollte schon immer hierher, also habe ich mir meinen Traum erfüllt. Hier gibt es so viel zu sehen. Ich liebe New York total«, erwiderte ich mit einem breiten Grinsen und ärgerte mich sofort darüber, dass ich ihn mit diesen unwichtigen Details belästigte.

»Das kann ich gut verstehen. Es ist auch meine Lieblingsstadt.« Er sah mir geradeheraus in die Augen und schenkte mir ein breites Lächeln zurück. Ich bedankte mich schnell bei ihm, da ich sah, dass mittlerweile ein paar seiner Freunde zu ihm rüberkamen und verabschiedete mich.

»Vielleicht sehen wir uns ja später noch mal.«

»Ja, vielleicht«, gab ich kurz zurück und wollte mich gerade aufmachen, um nach meinen Freunden zu sehen, als Fabienne mich aus meinen Gedanken riss. Sie schob mich hektisch in Richtung eines Stehtisches zur Seite, den ich, durch zu viel Schwung, fast umgestoßen hätte.

»Ich hätte nicht gedacht, dass hier so viel los ist! Du traust mir wirklich zu, dein Buch zu lesen? Was ist, wenn ich alles vermassele?«, plapperte sie wild drauf los, sodass ich ihr kaum folgen konnte.

»Okay, ganz langsam. Ich weiß ganz genau, dass du das schaffst.«

Sie atmete tief durch und ihr Blick fiel auf die Leute, die immer noch hineingeströmt kamen und den Buchladen mittlerweile gut gefüllt hatten. Das lag bestimmt an der gut durchdachten Idee, an einem Vorlesetag möglichst viele verschiedene Genres anzubieten. Meine Hände zitterten leicht und mein Herz raste.

Wenigstens hatte ich zwei meiner besten Freunde an meiner Seite. Luis und Fabienne hatten Deutschland aus beruflichen Gründen verlassen und die Entscheidung getroffen, nach L.A. zu ziehen. Die beiden waren mit die Ersten, denen ich von meinem Vertrag, meinem Umzug und der ersten Lesung erzählt hatte. Sofort stand fest, dass sie mich am heutigen Tag unterstützen würden. Ich war mit ihnen schon seit meiner Jugend befreundet. Mittlerweile waren die beiden über acht Jahre verheiratet und Eltern einer kleinen Tochter, die im Moment Urlaub bei ihrer Oma macht. Da die beiden außer L.A. noch lange nicht so viel von den USA gesehen hatten wie erhofft, war auch hier geplant, mich eventuell noch bei einem der beiden weiteren Termine zu begleiten. Das war unglaublich wichtig für mich. Klar würde auch irgendwie alles allein funktionieren, aber ein bisschen Unterstützung von Freunden tat wirklich gut. Vor allem, da das Leben in der Großstadt schon unglaublich einsam sein konnte, wenn man so wie ich fast niemanden kannte.

Nach meinem wochenlangen Rumgejammer hatte Fabi die tolle Idee, die erste Lesung für mich zu halten. Luis hielt das zwar für total bescheuert, konnte sich gegen uns aber nicht durchsetzen. Wir hatten den heutigen Tag durchgeplant, so gut es telefonisch eben ging, damit möglichst alles perfekt ablaufen würde. Ich war Fabi unendlich dankbar, dass sie mir diese Last abnahm. Klar war mir durchaus bewusst, dass ich mich nur einmal drücken konnte, aber das war mir gerade jetzt ziemlich egal. Immerhin blieb es trotz allem *mein* großer Tag und die letzten Wochen waren wirklich schon aufregend genug gewesen.

Ich nahm Fabi ganz fest in den Arm und fühlte, wie angespannt wir beide doch waren.

»Ich bin dir so unendlich dankbar, ich kann es überhaupt nicht in Worte fassen!«

Sie hielt meine Hand und antwortete jetzt schon wieder mit ihrem gewohnten Selbstvertrauen.

»Wenn wir heute Abend feiern gehen, wird dich das einige Cocktails kosten.« Sie zwinkerte mir zu und ging in ihren Lesebereich, wo gleich alles starten würde.

Es war ein sehr bewegender Augenblick. Da saß nun meine beste Freundin auf einem Barhocker an einem improvisierten Pult mit Mikrofon und schlug mein Buch zum Lesen auf. Sie sah wie immer umwerfend aus. In diesem Moment wurde es in dem kleinen Raum ganz ruhig und alle Augen waren auf sie gerichtet. Mit Spannung ließ ich meinen Blick über die Anwesenden kreisen. Wie es aussah, hatte ich noch keine feste Alterszielgruppe …

Es waren ein paar junge Frauen da, einige mittleren Alters und mittendrin saß sogar eine alte Frau mit kurzen grauen leicht gelockten Haaren, die komplett aus allen anderen herausstach.

Fabienne strich sich noch einmal ihre langen blonden Haare aus dem Gesicht und begann die Anwesenden freundlich und professionell zu begrüßen. Sie erklärte zusätzlich, dass sie heute die Ehre hatte, diese Lesung für ihre beste Freundin zu übernehmen, sie selbst aber nicht die Autorin sei. Dies schien jedoch niemanden wirklich etwas auszumachen, denn alle hingen ihr weiter konzentriert an den Lippen.

Der Raum war nicht komplett gefüllt, aber geschätzt waren bestimmt fünfundzwanzig Menschen anwesend. Das war super! Klaro, ich hätte nichts dagegen gehabt, wenn auch die letzten drei Reihen noch voll besetzt gewesen wären, aber das hier reichte für meine innere Zufriedenheit aus. Ich genoss diesen Augenblick und hörte meiner Geschichte, die für meine Ohren das erste Mal von jemand anderem vorgetragen wurde, gespannt zu. Luis, der gerade in der letzten Reihe neben mir Platz nahm, stupste mich an und gab mir ein Daumen hoch.

»Sieht sie nicht toll aus?«, flüsterte er sehr leise und mit erkennbarem Stolz auf seine Frau.

Ich war weiterhin ein bisschen angespannt, aber auch hauptsächlich stolz auf das, was ich bis hierhin erreicht hatte. Unruhiges Geraschel ließ meinen Blick an Luis vorbeigleiten und ich konnte erkennen, dass doch noch drei Nachzügler den Weg in meine Lesung gefunden hatten. Sie nahmen in der hinteren Reihe Platz. Zu meinem Erstaunen war es Jake, der mit einem Mann seines Alters und einer etwas jüngeren Frau nur ein paar Plätze von meinem entfernt saß. Er hatte mich jetzt auch entdeckt, hob kurz die Hand zur Begrüßung und richtete dann seinen Blick wieder nach vorne.

Die Zeit verging viel zu schnell. Fabi war schon mit dem Lesen fertig und bedankte sich fürs Zuhören. Sie wies noch darauf hin, dass man das Buch hier erwerben könne und die Autorin in Kassennähe an einem Tisch ihr Buch signieren würde. Okay, das war mein Stichwort. Ich stand leicht hektisch auf und beeilte mich, an meinem Tisch Platz zu nehmen. Meine größte Angst, es würde vielleicht niemand zu mir rüberkommen, traf zum Glück nicht ein. Als erster von sieben Personen kam Luis an meinen Tisch und zwinkerte mir aufmunternd zu.

»Fast geschafft«, murmelte er so leise, dass nur ich es hören konnte. Er hatte gleich aufgrund meiner zittrigen Hände bemerkt, wie nervös ich noch immer war. Dies würde er bestimmt den restlichen Abend mit einigen dummen Witzen auf meine Kosten zum Besten geben.

Ich dachte gerade, ich wäre durch, da stand Jake mit meinem Buch in der Hand vor mir.

»Also auch eine Autorin?«, fragte er mich mit einer hochgezogenen Augenbraue, einer Geste, die ich nicht so ganz einsortieren konnte.

War er jetzt überrascht? Hätte er mir das nicht zugetraut? Da ich in besonderen Situationen noch nie besonders schlagfertig gewesen war, brachte ich nur ein »Sieht so aus« hervor und nahm sein Buch entgegen.

»Wieso liest du nicht selbst vor, es ist doch dein Werk?«

Was sollte ich dazu sagen? »Ich traue mich nicht«, wäre mir jetzt viel zu peinlich. Also zuckte ich nur mit den

Schultern und gab ihm sein Exemplar zurück, wobei sich unsere Fingerspitzen zufällig kurz berührten. Er sah mir schon wieder so tief in die Augen, dass mir ganz komisch wurde.

Seine Freundin, oder wer auch immer die Frau war, kam zu uns, um ihn zu fragen, ob sie nicht langsam aufbrechen wollten. Sie warf mir einen kurzen Blick zu, konzentrierte sich aber sofort wieder auf Jake. Im Vergleich zu ihrem Freund wirkte diese Frau mit ihren dunklen Haaren, die zu einem kurzen Bob geschnitten waren, unnahbar und eher kühl. Da ich mich wie ertappt fühlte, wich ich ihrem Blick aus. Auch Jake wirkte ein wenig aus der Fassung gebracht, als er sich zu ihr umdrehte und diesen kurzen besonderen Moment abrupt beendete. Allerdings geschah das auf eine unglaublich charmante Art, denn ein leichtes Lächeln umspielte seinen Mund.

Mit einem »Bye« verabschiedete er sich und machte sich mit seinen Freunden auf den Weg Richtung Tür. Erst hatte ich kurz das Gefühl, als wolle er noch unbedingt etwas sagen, aber vielleicht war das auch nur ein Wunschgedanke von mir. Schade, dass dieser Augenblick zerstört wurde! Ich stand einfach nur da und bemerkte nicht mal wie blöd das wohl ausgesehen haben muss.

»Was war das denn?« Fabi stand plötzlich neben mir. Wie lange schon, wusste ich leider nicht. Selbst bei einer unauffälligeren Aktion wie dieser hatte sie immer eine besonders gute Auffassungsgabe, was Männer betrifft. Ihr entging wirklich selten etwas.

»Ich habe keine Ahnung, wovon du redest.« Ich wollte einfach nur schnell das Thema wechseln und zum Glück kam Luis mit unseren Jacken in der Hand zu uns rüber. Somit war für diesen Moment alles vom Tisch.

Ich sah auf mein Handy. Eine Nachricht von Michael, der eigentlich bei der Lesung dabei gewesen sein wollte, blinkte auf. Heute Morgen hatte ich ihm bereits eine kurze Mail geschrieben, dass es in der direkten Umgebung nicht allzu viele Möglichkeiten gab, um sich im Anschluss zu treffen. Luis hatte nach längerer Internetrecherche eine nahe liegende Bar, das ›Lion‹, gefunden, in der heute sogar ein Karaoke-Abend stattfinden sollte. Diese Information hatte ich an Michael weitergeleitet, aber bis zum jetzigen Zeitpunkt keine Reaktion vom ihm erhalten. Ich öffnete die Nachricht.

Hi Emma, ich wurde länger als gedacht im Büro aufgehalten und komme direkt ins ›Lion‹ nach. Bin gespannt, wie der Abend für dich gelaufen ist.

Ich hatte ihn während der Zeit im Buchladen komplett vergessen und daher auch in keiner Weise vermisst. Seine kritischen Blicke hätten mich womöglich ohnehin nur noch nervöser gemacht. Zusätzlich hatte ich ihm auch ganz vergessen zu erzählen, dass ich gar nicht selbst lesen würde. Diese Problematik hatte sich nun von selbst gelöst.

Kapitel 9

Fröhlich ging ich zusammen mit Fabi und Luis zur nur zwei Straßen weit entfernten Bar. Hoffentlich ist es dort nicht zu überfüllt, fiel es mir auf unserem Weg ein. Hätte ich in einem Pub reservieren müssen? Voller Hoffnung schob ich diesen Gedanken beiseite und beobachtete Luis und Fabienne. Die beiden waren so süß anzuschauen, wie sie Arm in Arm neben mir herschlenderten. Da Luis einen halben Kopf größer war als sie, nutzte er zwischendurch die Gelegenheit, um sich zu ihr zu beugen, und sie sanft auf den Kopf zu küssen. Das führte dazu, dass sich Fabi noch enger an ihn kuschelte. Da konnte man echt eifersüchtig werden und nur insgeheim hoffen, irgendwann einmal ähnliches Glück zu finden.

Kaum an der Bar angekommen, gingen wir sofort rein und ergatterten einen kleinen runden Tisch in Fensternähe, der noch dazu einen einigermaßen guten Blick auf die überschaubare Bühne bot. Es war wirklich nett hier. Rustikal und mit kleinen geschmackvollen Details eingerichtet. Zudem fand ich es in einer Großstadt wie New York immer aufregend, einen Fensterplatz zu haben, da es mir großen Spaß machte, die vorbeigehenden Menschen dabei zu beobachten, wie sie durch die Straßen wuselten.

Als die Bedienung kam, bestellten wir uns erst mal drei Piña colada. Luis organisierte sich die Karaoke-Liste, um sich einen Überblick über die Songauswahl zu verschaffen.

»Kannst du Michael schon sehen? Oder denkst du, dass er viel später kommt?«, fragte Fabienne, während ihr Blick durch das Pub glitt.

»Ich kann ihm ja gleich noch mal schreiben, dann wissen wir mehr.«

Da kam auch schon die Bedienung mit unseren Getränken und Luis zufriedener Blick ließ darauf schließen, dass er schon ein passendes Lied gefunden hatte.

»Fündig geworden?«

Er blickte kurz zu uns auf und lächelte uns an. Das hieß wohl ja. Die beiden waren zwar nicht die besten Sänger, aber dennoch absolute Fans von solchen Abenden, die wir vor ein paar Jahren noch regelmäßig einmal im Monat besucht hatten.

»Bin gleich zurück!«, sagte Luis und machte sich auch schon auf, um sich für den nächsten Song anzumelden.

Ich nutzte die Zeit und zog mein Handy aus der Tasche, um noch schnell die Nachricht an Michael zu schreiben. Vorher wollte ich meiner Mutter wenigstens eine kurze Information darüber geben, dass ich den heutigen Abend gut überstanden hatte. Morgen würde ich mich mit einem ausführlichen Bericht bei ihr melden.

Ich war noch mit meinem Smartphone beschäftigt, als ich im Augenwinkel bemerkte, dass in diesem Moment ein perfekt gestylter Mann zu Tür hereinkam. Okay, da konnte ich mir die zweite SMS sparen. Ich stieß Fabi mit dem Fuß an, um ihr anzudeuten, dass Michael gerade gekommen war.

Er hatte uns auch sofort entdeckt und kam zu unserem Tisch, um uns zu begrüßen und sich meinen Freunden vorzustellen.

»Erzähl, wie war dein Abend?«, fragte er interessiert.

»Besser als gedacht.«

»Also bist du bereit für die nächsten Lesetermine? Weitere Details können wir ja später noch in aller Ruhe klären.«

Oje, da war wieder das Gefühl von Panik in mir. Ich wollte heute doch einfach nur den Abend hier feiern, erleichtert darüber, dass heute alles so einfach funktioniert hatte. An meinem Blick konnte er mein leichtes Entsetzen erkennen, was ihn aber nicht davon abhielt, munter weiterzureden.

»Ich muss dir gleich noch unbedingt jemanden vorstellen, da ich mich hier noch mit einem weiteren Autor treffe und dieser bei deinen nächsten Terminen parallel zu dir lesen wird. Ich bin gleich wieder bei euch.«

Damit verschwand er im hinteren Bereich des Pubs und ich startete den Versuch, mich wieder ganz auf meine Freunde zu konzentrieren.

»Jetzt gehts bald richtig los, da gibt es dann kein Zurück mehr.« Fabi lächelte mich von der Seite an.

»Mir ist etwas mulmig bei dem Gedanken, aber nach dem heutigen Abend und dir als Vorbild, bekomme ich die anderen Termine irgendwie hin. Mir bleibt ja auch keine andere Wahl. Habt ihr schon überlegt, on ihr denn jetzt auch mit nach Austin reist?«

Sie zuckte etwas verlegen mit den Schultern.

»Leider nein, wir können erst wieder in L.A. mit an Bord sein.«

»Oh, schade.« Ich zog eine Schnute, in der Hoffnung, ich könnte ihr noch ein schlechtes Gewissen machen, aber Fabi kannte mich zu gut und wir mussten über meinen Versuch, beleidigt zu wirken, beide lachen. Sie schlürfte weiter fleißig an ihrem Cocktail, den sie schon fast geleert hatte, während ich nur sehr zurückhaltend hier und da mal an meinem nippte. Der peinliche Auftritt in der Rooftop-Bar hatte diesbezüglich seine Spuren hinterlassen und ich wollte nicht noch einmal so die Kontrolle verlieren. Ich wechselte das Thema und versuchte mit reichlich Optimismus, ein wenig Bestätigung zu erhalten.

»Die nächsten Lesetermine werde ich bestimmt meistern. Immerhin übe ich zwischendurch immer wieder das Vortragen und dank des heutigen Abends kenne ich ja jetzt den Ablauf einer Lesung.«

»Freut mich, dass du endlich so positiv an die Sache rangehst. Ich bin mir sicher, dass du das packst.«

Wir redeten den restlichen Abend dann mehr über ihre aktuellen Luxusprobleme, etwa, dass die neue Wohnzimmereinrichtung irgendwie doch nicht so gut mit der Wandfarbe harmonierte, wie sie es sich erhofft hatte. Sie war mittlerweile von ihrem Hausfrauendasein ziemlich genervt, weil sich ihr keine echten Herausforderungen boten und sie sich manchmal einfach nur wünschte, ein wenig mehr Aufregung in ihrem Leben zu haben. Ich hörte ihr geduldig zu. Auch, wenn ich mich mit dieser Art von Problemen nicht ganz identifizieren konnte, verstand ich, was sie meinte.

Im Laufe des späteren Abends, nachdem Luis und Fabienne einige Songs zum Besten gegeben hatten, fiel mir Michael wieder ein. Wollte er nicht zurückgekommen sein? Da ich für heute auch keinerlei Geduld mehr aufbringen wollte, jetzt noch auf ihn zu warten, entschloss ich mich, ihn einfach zu suchen. Dann könnte ich mir ein Taxi bestellen und endlich nach Hause in mein Bett. Luis hatte wohl den gleichen Wunsch.

»Hey, Fabs hat wohl ein bisschen viel getrunken und sieht auch ziemlich platt aus. Ich denke, wir machen uns langsam mal auf den Weg. Sollen wir auf dich warten oder bleibst du noch?«

»Fahrt ruhig los, ich suche nur schnell Michael und verabschiede mich von ihm, dann fahre ich auch.«

»Treffen wir uns morgen Mittag zum Essen und um ein wenig shoppen zu gehen oder etwas Sightseeing zu betreiben?«

»Yep, lass uns telefonieren, wenn wir alle ausgeschlafen haben.«

Er gab mir noch schnell einen Kuss auf die Wange und schnappte sich seine Frau, die ich noch kurz drückte, bevor beide in Richtung Ausgang verschwanden.

»Schlaft gut ihr beiden!«, rief ich noch hinterher, aber ich merkte, es war einfach zu laut, als dass sie mich hörten.

Meine Blicke überflogen den hinteren Teil des Pubs. Dort saß Michael und als ich auf ihn zuging, erkannte ich plötzlich, dass die drei anderen Personen, mit denen er sich so vertraut unterhielt, Jake und seine beiden Freunde waren. Wie automatisch blieb ich kurz stehen. Jake wird doch nicht der Autor sein, mit dem ich noch weitere Lesungen haben würde? Irgendwie machte mich dieser Gedanke auf einmal ein wenig kribbelig und ich war mir gar nicht mehr sicher, ob ich zu ihnen gehen sollte.

Ich war schon dabei den Rückwärtsgang einzulegen, da hatten sie mich bereits entdeckt. *Mist, das war es wohl mit meiner Flucht.*

Michael stand auf und kam sofort zu mir rüber.

»Entschuldige, aber wir waren so in unser Gespräch vertieft, dass ich dich ganz vergessen habe. Komm mit, dann stelle ich dich deinem Kollegen vor.« Seine Hand berührte meinen unteren Rücken und mit leichtem Druck deutete er mir an, mit ihm zu gehen. Am liebsten hätte ich seine Hand weggeschlagen, so sehr hasste ich dieses Drängen. Um aber nicht negativ aufzufallen, sagte ich wieder nichts dazu und schob seine Hand nur mit Nachdruck von mir weg. Dabei sah ich ihm mit entschlossenem Blick fest in die Augen. Hoffentlich war das jetzt nicht zu unfreundlich, aber ich wollte, dass er dieses Antatschen sofort und dauerhaft unterließ. Also ging ich jetzt mehr oder weniger freiwillig hinüber zu den anderen.

»Hi, ich bin Emma«, kam es schüchterner als geplant über meine Lippen. Nachdem ich Jakes Freunden kurz die Hand gegeben hatte, war nun er dran. Er strahlte mich mit einem breiten Grinsen und geraden schneeweißen Zähnen freundlich an.

»Du schon wieder!«

»Yep, so schnell trifft man sich wieder.«

Michael sah etwas verwundert aus. »Ihr kennt euch schon?«

Jake war schneller im Antworten als ich. »Wir haben uns eben bei der Lesung flüchtig kennengelernt.«

»Sehr gut, dann muss ich euch ja nicht mehr vorstellen. Ihr werdet euch in Austin und in Los Angeles bei den weiteren Lesungen ohnehin wiedertreffen und wir haben euch dort sogar in gleichen Hotels untergebracht. Alle Details über die gebuchten Flüge und eure gemeinsamen Unterkünfte erhaltet ihr spätestens in den nächsten zwei Tagen von Megan.«

Mein Herz machte einen kleinen Hüpfer. Ob das jetzt daran lag, dass ich jemanden an meiner Seite haben wollte, oder daran, dass ich Jake so näher kennenlernen würde, konnte ich in diesem Moment nicht zuordnen. Auf jeden Fall freute ich mich und dieses Gefühl war schön.

»Außer euren beiden Lesungen wird Judy, die leider erst beim nächsten Treffen dabei sein kann, ihren Fantasy-Roman vorstellen. Sie ist schon ein absoluter Profi und veröffentlicht gerade ihr drittes Buch.«

Beim letzten Teil hörte ich schon gar nicht mehr richtig zu, da sich Jakes und mein Blick getroffen hatten. Seine unglaublich warmherzigen braunen Augen brachten mich komplett aus dem Konzept. Ich versuchte mich aus seinem Blick zu lösen und wieder dem Gespräch zu folgen.

»Magst du dich noch ein wenig zu uns setzen?«

Ich war mir unsicher, was ich Jake darauf antworten sollte. Ja, eigentlich wollte ich schon, und nein, einerseits würde ich lieber nach Hause fahren. Da ich wohl viel zu lange zum Antworten brauchte, kam Michael mir zuvor.

»Dann setzen wir drei uns rüber an die Bar und ich erkläre euch zumindest kurz, wie der grobe Ablauf sein wird.«

Er ging schon voran, während Jake aufstand und mir den Vortritt ließ.

»Magst du eigentlich Karaoke?«, fragte er mich beim Rübergehen.

»Ähm, ja, allerdings nur als Zuhörerin. Und du?«

»Ich singe nur, wenn wir unter Freunden einen Karaoke-Abend veranstalten.«

»Selbst dann singe ich nicht. Höchstens unter der Dusche und bei Haushaltsarbeiten«, gab ich mit einem Zwinkern zurück.

Michael hielt es zum Glück kurz und bündig.

»In drei Tagen fliegt ihr nach Austin für einen dreitägigen Aufenthalt und seid dort in einem kleinen Hotel etwas außerhalb untergebracht. Von da aus geht es dann nach L.A., dort werdet ihr auch drei Tage bleiben, wobei der zweite Tag komplett für die dortige Buchmesse eingeplant ist. Alle Details, wie Flug, Transfer, Hotel und Location mit Uhrzeit der Lesungen wird Megan euch morgen vorbeibringen.«

»Dann ist ja erst mal alles geklärt«, erwiderte ich kurz. »Ich würde mich aber jetzt gerne verabschieden, es war ein sehr aufregender Tag für mich und ich bin sehr müde. Ich wünsche euch noch einen schönen Restabend.«

Michael nickte mir zu und Jake überraschte mich, als er mich zum Abschied kurz drückte. Ganz vorsichtig berührten seine langen Arme meinen Rücken und seine Hände verweilten ganz kurz und sanft etwas unterhalb meines Schulterblatts. Diese liebevolle Geste fühlte sich so geborgen an. Für einen kurzen Augenblick überkam mich das Gefühl, genau diese Situation anhalten zu wollen. Irgendwie fand ich diesen großen schlanken, etwas chaotischen Typen doch süß. Er hatte eine lockere Art an sich, die mich einfach verzauberte. Vielleicht hätte ich noch ein wenig bleiben sollen, aber jetzt war es zu spät, meine Meinung zu ändern. Etwas verärgert über mich selbst, machte ich mich auf den Weg.

Die Straßen waren um diese Uhrzeit ziemlich leergefegt, nur hier und da sah ich noch vereinzelt jemanden durch die Dunkelheit huschen. Mein Blick schweifte die Straße entlang.

»Oh, so ein Glück, ein Taxi!«, murmelte ich vor mich hin und beeilte mich, bevor es wegen mangelnder Kundschaft wieder fahren würde. Nachts allein durch die Straßen zu gehen war mir als Frau doch ein wenig zu gruselig.

Kapitel 10

Am nächsten Morgen erwachte ich gar nicht mal so spät und fühlte mich auch erstaunlich ausgeschlafen und tiefenentspannt. Vielleicht lag es daran, dass der Druck der letzten Tage endlich von mir abgefallen war. Nach einer langen Dusche und einem XXL-Kaffee entschloss ich mich, Fabi und Luis in der Hoffnung anzumailen, die beiden wären schon wach.

Hey, ihr Schlafmützen, schon startklar?

Da ich doch nicht so schnell wie erhofft eine Antwort bekam, entschloss ich mich, meine Bude ein wenig auf Vordermann zu bringen und schon mal meine Sachen für Austin und L.A. provisorisch aus dem Schrank zu legen. Oh, und superwichtig war, dass ich mir unbedingt noch die Stellen in meinem Buch markieren musste, die Fabi gestern so perfekt vorgetragen hatte. Dann konnte ich sie bei den für mich unliebsamen Haushaltsaufgaben immer wieder üben.

Perfekt, lobte ich mich selbst für diese tolle Idee.

Nachdem ich fast zwei Stunden später mehr oder weniger im Schneckentempo meine Aufgaben erledigt hatte, hörte ich endlich mein Handy vibrieren. Die beiden waren erwacht und bereit, sich mit mir zum verspäteten Mittagessen zu treffen. Schnell warf ich mein Handy und etwas Geld in meine Handtasche und dann war ich auch schon auf dem Weg zur S-Bahn, um möglichst schnell zum Hotel der beiden zu kommen.

·· ♡ ♡ ♡ ··

Während wir nach unserem Essen durch die überfüllte Einkaufsstraße liefen, klingelte mein Handy.

»Hi, Megan hier«, hörte ich eine fröhliche Stimme sagen.

»Oje, dich habe ich ganz vergessen. Ich bin noch mit Freunden unterwegs.«

»Kein Problem, ich habe auch noch nicht sämtliche Unterlagen zusammen und wollte nur fragen, ob es dir ausreicht, wenn ich dir später alles in den Briefkasten werfe? Ich klebe Notizzettel an die wichtigen Stellen. Ich denke, dass es selbsterklärend ist. Wir können aber gerne morgen telefonisch noch mal alles durchsprechen.«

»Das wäre perfekt. Ich bin so froh, dass ich die beiden hier zu Besuch habe, es wäre wirklich schade gewesen, wenn ich den Nachmittag hätte abbrechen müssen.«

»Dann passt ja alles. Macht euch noch einen schönen Tag.«

»Machen wir. Bye.« Ich hatte sie wirklich ganz vergessen und war jetzt umso erleichterter, dass ich den Nachmittag noch in vollen Zügen genießen konnte, denn so langsam wollten wir uns aufmachen, um mit der Staten Island Ferry die Aussicht bei Sonnenuntergang zu genießen. Einfach ein einmaliger Moment, den ich zwar in meinen Tagträumen oft durchgespielt hatte, der dabei aber mit der Realität natürlich in keiner Weise mithalten konnte.

Genau dieser Moment war perfekt. Da stand ich mit meinen beiden besten Freunden auf der Fähre und genoss die kostenlose Fahrt und den damit verbundenen einzigartigen Anblick auf die Freiheitsstatue. Es begann gerade zu dämmern und ich konnte erkennen, dass New York in den Nachtmodus überging. Hier und da gingen an den riesigen Häusern die Lichter an und es war festzustellen, dass die Stadt selbst bei Abendbetrieb nicht wirklich ruhiger wurde. Aber in mir wurde es etwas leiser und diese innere Ruhe füllte mich mit einem Glücksgefühl, welches ich schon lange vermisst hatte. Langsam hatte ich mich eingewöhnt und auch schon ein paar Leute kennengelernt. Alles lief allmählich, wie ich es mir erhofft hatte, und ich freute mich auf das, was noch kommen würde. Seit Langem war ich das erste Mal frei und bereit, Neues zu genießen. Bereit für den nächsten Schritt meiner Reise, es konnte weitergehen!

Kapitel 11

Verträumt sah ich aus dem Fenster und beobachtete die Natur Texas'. Während der Fahrt nach Austin freute ich mich schon riesig auf die neuen Eindrücke, die mir dieser Bundesstaat hoffentlich bieten würde. Meine normalen Vorbereitungen in Form von Reiseführern hatte ich diesmal komplett außer Acht gelassen, da ich mich spontan vor Ort informieren wollte, was ich am besten alles so machen konnte. Außerdem hatte ich mir fest vorgenommen, mich bei Ben zu melden. Die Möglichkeit, mir von ihm ein paar Highlights zeigen zu lassen, wollte ich mir um nichts in der Welt entgehen lassen. Da er beruflich ja viel Zeit in Austin verbringt, war er der perfekte Sightseeing-Guide, um mir ein paar schöne Ecken zeigen zu können.

Normalerweise war ich auf neue Städte immer besser vorbereitet, damit ich auch wirklich alles Sehenswerte mitnehmen konnte. Diesmal aber war ich die letzten Tage so mit meinem Englischtraining beschäftigt gewesen, dass ich mich ganz spontan auf die noch unbekannte Stadt einlassen würde. Noch mehr freute ich mich aber auf die Unterkunft, als darauf, eine neue Stadt zu erobern. Für unseren dreitägigen Aufenthalt hier in Austin waren wir statt in einem Hotel in einer Ranch mit kleiner Apartmentanlage untergebracht.

Eine Ranch mit Pferden war für mich wie Weihnachten und Geburtstag in einem. Ich hatte schon viel zu lange keine Zeit mehr zum Reiten gehabt und das Gefühl von Freiheit bei einem Ausritt in der Natur hatte mir schon so lange gefehlt.

Der Minivan bog von der Hauptstraße links in eine Straße ab, die schon eher einem staubigen Feldweg glich. Als wir um die letzte Ecke fuhren, lag das Gebäude direkt vor uns. Auf den ersten Blick sah ich ein größer als erwartetes rustikales Haus mit einem großen Eingang und einem angrenzenden Wintergarten. Davor erkannte ich die bestuhlte Terrasse, die mit ihren vielen bunten Sonnenschirmen sofort ins Auge stach. Fünfhundert Meter auf der gegenüberliegenden Seite lag ein kleiner Stall mit anliegendem Reitplatz und einer endlos langen Koppel, auf welcher ich momentan nur drei grasende Pferde erkennen konnte. Anhand der Größe des Stalls dürften die Besitzer wohl maximal zehn Tiere haben. Ein Ausritt wäre das Highlight dieses Aufenthalts. Mein erstes Vorhaben war also, mich umgehend darum zu kümmern.

Zusätzlich durfte ich auf keinen Fall vergessen, Ben anzurufen! Genaugenommen war er meine einzige außerberufliche, freundschaftliche Bekanntschaft, die ich nach meinem Umzug in die USA kennengelernt hatte und wenn ich ganz ehrlich zu mir war, freute ich mich sehr auf dieses Wiedersehen. Zwar hatte ich ihn seit unserem gemeinsamen Abend nach meinem Absturz nicht mehr gesehen, war aber zuversichtlich, dass sein Angebot noch stand.

»Vielleicht maile ich ihm gleich einfach schon mal«, ging es mir durch den Kopf. Dann würde ich ja sehen, ob er immer noch Interesse und Zeit hätte, sich mit mir auf einen

Kaffee zu treffen. Diese Möglichkeit erschien mir besonders einfach.

Während ich an der kleinen Rezeption die Formulare ausfüllte und auf meinen Schlüssel wartete, kam ein zweiter Minivan vorgefahren.

Ich sah, wie zwei Frauen sofort nach Jake aus dem Auto stiegen und er ihnen wie ein Gentleman die Hand reichte. Mit seinen verwuschelten Haaren und seinem eher lockeren Look sah er aus, als wäre er gerade aus dem Bett gefallen. Er entdeckte auch mich sofort, schenkte mir wiederum nur dieses kurze Lächeln und half dann dem Fahrer beim Gepäck ausladen.

· · ♡ ♡ ♡ · ·

Wir hatten zwar denselben Flug gebucht bekommen, aber bis zum Einchecken hatte ich kein bekanntes Gesicht entdecken können. Als fast schon alle Passagiere auf ihren Sitzplätzen waren, kam Jake, mit reichlich Verspätung und einer überdurchschnittlich hübschen Frau im Schlepptau. Okay, ich war ein kleines bisschen enttäuscht darüber, dass er wohl seine Freundin mitnahm und mir aus diesem Grund bestimmt nur ein schüchternes Lächeln und ein vorsichtig angedeutetes Winken schenkte. Zumindest war dies für mich eine schlüssige Erklärung für seine verhaltene Geste. Es war ja auch nicht überraschend, dass ein Mann mit einer so positiven freundlichen Ausstrahlung nicht Single war. Auch wenn mich dieser Anblick wie ein kleiner Stich ins Herz traf, war es schon süß, dass er seine Freundin mit dabeihaben wollte. Ich musste an den für mich so magischen Augenblick denken, in den ich wohl einfach zu viel hineininterpretiert hatte.

Etwas in meine Gedanken vertieft, schlug ich eine der Klatschzeitschriften auf und überflog die Spekulationen der Reporter über Promis, von denen ich gut die Hälfte noch nie zuvor gesehen hatte. Ein bisschen Klatsch und Tratsch aus Deutschland hätte mir die Zeit bis zur Landung bestimmt besser vertrieben und so entschloss ich mich, einfach etwas vor mich hin zu dösen.

Die Idee der Agentur, dass sich einige der Lesetermine mit den anderen Autoren überschnitten, war gut durchdacht. So würde ich immer bekannte Gesichter wiedertreffen, was mir in gewisser Weise auch ein kleines Stück Sicherheit gab. Gleichermaßen freute ich mich, da ich mich dadurch nicht ganz so einsam und allein fühlte.

·· ♡♡♡ ··

»Hören Sie mir überhaupt zu?«, fragte mich die Frau von der Rezeption. Ich war wohl so mit Beobachten beschäftigt, dass ich sie überhaupt nicht mehr beachtet hatte.

Mit einem schüchternen »Sorry« begann ich mir die Beschreibung zu meinem Apartment anzuhören und nahm die Schlüssel entgegen. Wie ich bemerkte, war eine der beiden Frauen aus dem Minivan bereits an der Rezeption eingetroffen und hörte sich die Wegbeschreibung mit an.

»Hi, ich bin Judy. Michael hat mir bereits erzählt, dass wir zwei gemeinsame Lesetermine haben. Jake sagte mir gerade, du seist Emma. Ich hoffe, das ist richtig, sonst wäre mir das ganz schön peinlich.«

»Keine Sorge, das stimmt. Freut mich dich kennenzulernen, Judy.«

»Wartest du auf mich?«, fragte sie mich. »Dann können wir gemeinsam schauen, wo wir hingehen müssen. Wir müssen bestimmt in die gleiche Richtung.«

Judy war bestimmt fünfzehn Jahre älter als ich und hatte eine sehr offene und selbstsichere Art, die mir auf Anhieb gefiel. Ich war gespannt, sie näher kennenzulernen. Genau genommen wusste ich nur die wenigen Details über sie, die mir Michael erzählt hatte. Vielleicht würde ich bei Gelegenheit mal in ihren ersten Band schnuppern, da ich sehr neugierig auf ihren Schreibstil war. Nachdem Judy endlich ihren Schlüssel bekommen hatte, machten wir uns gemeinsam auf den Weg.

»Ganz nett hier!« Sie ließ den Blick über die kleinen Apartmenthäuschen schweifen.

»Kann man so sagen«, erwiderte ich. »Ich hatte mir die Anlage moderner vorgestellt, ähnlich wie auf den Fotos im Flyer. Diesen älteren Teil haben sie wohl mit Absicht ausgelassen, um mit dem Neubau zu punkten.«

»Dabei ist das doch gerade so, wie man es sich von einem Texas-Urlaub erwartet.«

Zustimmend nickte ich. »Ich glaube, ich bin schon da.« Ich zeigte auf eines der Häuschen, dessen Türnummer mit der auf meinem Schlüssel übereinstimmte.

»OK, dann sehen wir uns bestimmt später noch! Bye.« Sie zog ihren Trolley weiter den holprigen Weg entlang, während ich meinen kleinen Koffer die Stufen emporhievte.

»Bye, bis später!«, rief ich ihr noch hinterher.

Als ich mein Zimmer betrat, war ich angenehm überrascht. Es war ein recht moderner Raum mit großen Fenstern und einem atemberaubenden Ausblick auf die umlie-
gende Landschaft, die im leichten Sonnenschein lag. Ich
stand einfach nur da und genoss diesen Anblick. War es
sinnvoll, Ben schon anzumailen? Hm? Was sollte ich ihm
schreiben? Spontan tippte ich ohne langes Nachdenken
drauf los.

Hi Ben, bin eben in Austin eingetroffen. Fände es toll, wenn
wir uns auf einen Kaffee treffen würden. Hast du heute
schon was vor? Lieben Gruß, Emma

Hoffentlich klang das nicht zu sehr nach Date, oder war
ich zu aufdringlich? Na ja, ich würde ja bald sehen, wie er
reagierte.

Als ich mein Hotelzimmer gegen vierzehn Uhr verließ,
hatte ich immer noch keine Antwort. Daher beschloss ich,
mein Handy dazulassen, wo es war und mir in Ruhe die Gegend anzusehen. Am meisten freute ich mich auf den Stall
und die Pferde. Das Wetter spielte zum Glück auch mit, was
einfach nur herrlich war, denn die Sonne schien schon seit
ein paar Tagen. Die leichte Wärme tat nach den heißen
Sommertagen so richtig gut auf der Haut. Auf dem Weg zu
den Pferden kam ich an der kleinen Terrasse vorbei, auf welcher Judy, Jake und die Unbekannte einen Kaffee in der
Sonne genossen. Da die drei sehr vertieft in ihr Gespräch
waren, huschte ich so schnell wie möglich weiter. Am Stall
angekommen, ließ ich meinen Blick flüchtig über die Pferde

streifen. Hier standen wirklich ein paar schöne Tiere, aber besonders gefiel mir auf Anhieb der Rappe, der in der zweiten Box gleich neben dem Eingang stand. Er wirkte etwas unruhig, aber vielleicht hatte er einfach nur genauso viel Lust, raus ins Gelände zu reiten, wie ich. Im Stall selbst traf ich nur eine einzige Person. Sie war noch recht jung, bestimmt war sie Auszubildende oder so, auf jeden Fall aber gerade damit beschäftigt eine der hinteren Boxen auszumisten. Ich beschloss, sie einfach anzusprechen.

»Hi, an wen kann ich mich denn hier wenden, um ausreiten zu dürfen?«

Die Frau drehte sich etwas erschrocken um. Sie war wohl so in ihre Gedanken vertieft, dass sie mich gar nicht bemerkt hatte.

»Hi, kennst du dich denn mit Pferden aus. Wir lassen nur erfahrene Reiter auf unsere Pferde.«

»Klar!«, gab ich zurück. »In letzter Zeit hatte ich zwar leider etwas zu wenig Zeit für mein Hobby, aber reiten kann ich. Es gäbe nichts Schöneres, als diesen herrlichen Tag mit einem kleinen Ausritt zu verbringen.«

»Da bist du wohl nicht die Einzige, eben war schon ein Mann hier, der denselben Wunsch geäußert hatte. Vielleicht lässt es sich ja einrichten, dass ihr zusammen ausreitet? Ich kann das später für euch klären und melde mich dann über eure Zimmertelefone.« Sie plapperte wie ein Wasserfall. »Wie lautet deine Zimmernummer?«

Okay, das war jetzt nicht ganz das, was ich mir vorgestellt hatte, aber da mein Orientierungssinn nicht der Beste war, schien mir die Idee, mit jemandem zusammen auszureiten, gar nicht so dumm.

Ich gab ihr die Nummer, bedankte mich und ging auf dem Weg zum Ausgang noch mal zu dem temperamentvollen Rappen hinüber. An der Box hing ein kleines heruntergekommenes Schild mit seinem Namen, der Shiwa lautete.

»Ein außergewöhnlicher Name für ein außergewöhnliches Tier«, flüsterte ich ihm leise zu. Er streckte seinen Kopf vorsichtig aus der Box und ich begann ihn etwas zu kraulen. Hoffentlich würde es nicht zu lange dauern, bis sich jemand bei mir melden würde.

Auf dem Weg zurück zum Hotel fiel mir Ben wieder ein. Ob er schon geantwortet hatte? Erfreut sah ich das Blinken meines Handys gleich beim Hineinkommen. Schnell eilte ich zu meinem Bett, um nachzusehen, ob er es wirklich war. Okay, ein Anruf von meiner Mama und drei Nachrichten.

Eine war von Michael, die Lesung morgen würde um sechzehn Uhr beginnen und er fragte, ob er mir jemanden vorbeischicken sollte, der mich schon gegen zwei abholen könnte. Jake würde sich auch abholen lassen und dann könnten wir ja zusammen gefahren werden, da unsere beiden Lesungen wieder zu ähnlichen Zeiten in derselben Bibliothek stattfinden würden.

Ich mailte ihm nur eine ganz kurze Nachricht zurück, in der stand, das Abholen super wäre und ich pünktlich im Eingangsbereich warten würde. Von der ersten der beiden weiteren SMS war ich zuerst etwas enttäuscht. Ben schrieb zwar, dass er sich freue, von mir zu hören, er aber noch nicht genau wusste, wie lange er heute arbeiten würde. Wenn er pünktlich fertig wäre, würde er mir sehr gern Austin zeigen und mich zu seinem Lieblingsitaliener einladen. Er wollte sich im Laufe des Nachmittags bei mir melden.

In seiner zweiten Nachricht hielt er sich ganz kurz.

Wie lange bleibst du eigentlich?

Er schien sich zu freuen, von mir zu hören, und auch ich freute mich, ihn bald wiederzusehen. Etwas verdutzt darüber tippte ich meine Antwort ein.

Bleibe drei Tage und muss nur morgen Nachmittag meine Lesung halten. Ein ganz privates Sightseeing wäre wirklich spitze! Freue mich.

Während ich noch darüber nachdachte, ob alles richtig formuliert war, kam auch schon seine Antwort.

Dann habe ich dich ganze drei Tage ... ;-)

Wow, was sollte ich darauf antworten? Ich musste erst mal tief durchatmen. Etwas sprachlos starrte ich auf die Anzeige und wusste nicht so ganz, was ich schreiben sollte. Zumindest war das mal eine klare Ansage! Er wollte eindeutig meine Zeit in seiner Nähe nutzen, um mich näher kennenzulernen.

Obwohl ich mich darüber freute, war es doch ein Gefühl, das ich schon lange nicht mehr zugelassen hatte. Immer wenn sich die Gelegenheit ergab, jemanden näher an mich ran zu lassen, entwickelte ich einen automatischen Selbstschutz, um nicht verletzt zu werden. Mittlerweile war ich schon sehr gut darin, Männer auf Distanz zu halten. Seit ich mit meiner Erstveröffentlichung in Deutschland im letzten Jahr einigermaßen erfolgreich gestartet war, konzentrierte ich mich in erster Linie aufs Arbeiten. Das Thema Männer hatte ich erfolgreich aus meinem Leben verbannt. Mit der Ausrede, beruflich Fuß fassen zu wollen, hielt ich mir sehr erfolgreich neue Bekanntschaften auf Abstand. Dass Ben mehr als einen Abend mit mir verbringen wollte, überraschte mich schon, weil ich mich nie in seine Liga einsortiert hätte. Mit seinen breiten Schultern, den dunkelblonden kurzen gestylten Haaren und seinen dunklen Augen konnte er bestimmt unzählige Frauen haben. Warum wollte er dann ausgerechnet Zeit mit mir verbringen? Ich wollte mich zwar auch mit Ben treffen und fand seinen Vorschlag, mein persönlicher City-Guide zu sein, den er mir damals in New York gemacht hatte, super. Mein Drang, neue Dinge zu sehen und zu erleben, hatten mich aber übersehen lassen, dass er das Ganze wohl als Kennenlernen oder Date interpretieren könnte.

Jetzt aber war ich neugierig auf dieses verdrängte schöne Gefühl sich mit einem Mann zu treffen, der einen offensichtlich mochte. Wie in einem automatischen Reflex wanderte meine Hand auf meinen Bauch, damit sich die kleine Horde Babyschmetterlinge endlich beruhigen würde. Was sollte ich also antworten? Wollte ich mich sofort auf drei Tage festlegen? Ich kannte ihn ja nicht mal richtig.

»Also erst mal einen Gang runterschalten«, murmelte ich vor mich hin.

Drei Tage? Starten wir doch erst mal mit einem ersten Treffen! Melde dich einfach, wenn du weißt, wann du Feierabend machen kannst!

Der Text war gerade abgeschickt, da klingelte das Hoteltelefon. »Hallo, Sie hatten vorhin nachgefragt, ob Sie einen Ausritt buchen könnten. Wenn es bei Ihnen passt, könnten Sie gegen sechzehn Uhr dreißig am Stall sein.«

»Okay, das passt perfekt. Ich hatte schon befürchtet, dass es heute nicht mehr ginge.« Ich freute mich umso mehr und bedankte mich bei dem Mann für seinen Anruf. Ich zog mir noch schnell etwas Bequemes an und beeilte mich, zum Stall zu kommen. Meine Mama würde ich einfach heute Abend anrufen.

Zu meiner Überraschung war Jake wohl derjenige, der mit mir ausreiten sollte. In seinen zerrissenen Jeans und einem etwas zu groß ausgefallenen T-Shirt mit lustigem Print stand er an die Box gelehnt. Im ersten Moment dachte ich, er würde sich mit dem Pferd unterhalten. Als ich aber näherkam, erkannte ich, dass er sich mit dem Mädchen von heute Morgen aus dem Stall unterhielt. Seine leicht gelockten, dunkelblonden Haare waren vom Wind etwas durcheinandergewuschelt, aber trotzdem sah er irgendwie süß aus. Als er mich sah, wirkte er genauso überrascht wie ich, kam aber sofort auf mich zu und nahm mich kurz und vorsichtig zur Begrüßung in den Arm.

»Hi, mit dir habe ich jetzt überhaupt nicht gerechnet!«

»Das geht mir genauso«, gab ich nur kurz zurück. Aber sein breites Lächeln ließ mir überhaupt keine andere Möglichkeit, als ebenfalls zu strahlen.

Das Mädchen im Stall hieß Marie und war die Aushilfe. Auch sie begrüßte mich kurz und ging rüber zu Shiwas Box.

»Ich glaube, du hast dich eben schon verliebt, kannst du mit so viel Temperament umgehen?«

Ich nickte freudig. Danach zeigte sie Jake und mir, wo wir das Putzzeug, Sättel und Trense finden würden. Ich fragte, ob er sich mit Marie kurz über mögliche Reitwege unterhalten könnte, da ich leider immer noch nicht dem kompletten Satzverlauf in Englisch folgen könne. Er fand meine Aussprache oder meine grammatikalische Wortwahl wohl lustig, denn er sah etwas amüsiert aus.

»Dein Englisch ist seit unserem ersten Treffen aber schon deutlich besser geworden.« Wollte er mich jetzt nur aufmuntern?

»Na ja«, begann ich zu erwidern. »Ihr redet alle so schnell und eure Aussprache … Bis ich mir einen Satz ins Deutsche übersetzt habe und eine Antwort dann wieder zurück ins Englische, vergeht immer eine halbe Ewigkeit. Selbst dann bin ich mir nicht wirklich sicher, ob ich die richtige Zeit verwendet habe.« Er lächelte mich schon wieder an.

»Wenn du möchtest, kann ich dir gerne etwas Nachhilfe geben, wenn wir das nächste Mal die Zeit bis zur nächsten Lesung totschlagen müssen.« Seine braunen Augen sahen mich ganz erwartungsvoll an.

»Das wäre super!«, erwiderte ich und konnte mir ein ebenso strahlendes Lächeln nicht verkneifen. Hm, er war doch ganz anders, als ich gedacht hatte. Sympathisch hatte er ja von Anfang an auf mich gewirkt, aber irgendwie hatte er etwas an sich, dass sich kaum beschreiben ließ. Er war so locker, fröhlich und unkompliziert. Ich konnte es kaum erwarten, ihn näher kennenzulernen. Ich ging hinüber zur Sattelkammer und holte mir Shiwas Sachen, um ihn für den Ausritt fertigzumachen. Auch Jake hatte sein Gespräch mit Marie beendet und sie zeigte ihm gerade die anderen Pferde, damit er eine Auswahl treffen konnte. Er blieb an der Box einer wunderschönen Stute stehen, dann hatte er seine Wahl getroffen. Während wir die Tiere fertigmachten, erwischte ich mich immer wieder dabei, dass ich ihn dabei beobachtete, wie liebevoll er das Tier streichelte. Das ließ mich fast ein wenig neidisch werden. Nachdem die Tiere fertig vorbereitet waren, führten wir sie in den vorderen Bereich des Stalls, um aufsitzen zu können. Leicht erstaunt stellte ich fest, dass er offensichtlich ein erfahrener Reiter war, denn er schwang sich geübt in den Sattel.

»Bist du startklar?«, fragte er von seinem Pferd aus in meine Richtung. Ich musste wohl ein bisschen aus der Übung gekommen sein, denn leider gelang es mir erst beim zweiten Anlauf mit genug Schwung im Sattel zu landen, was mir in seiner Gegenwart schon ein wenig unangenehm war.

»Yep, es kann losgehen«, erwiderte ich so gelassen wie möglich.

Er ritt vor und Shiwa folgte der Stute wie von selbst in Richtung eines kleinen Weges, der vom Stall durch ein paar Wiesen mit hohem Gras wegführte. Als ich zu ihm aufgeschlossen und Shiwa an seine Seite gelenkt hatte, ritten wir im Schritt eine ganze Weile nebeneinander her und unterhielten uns nur sehr zaghaft. Seine Anwesenheit machte mich nervös und ich wusste auch nicht so recht, wie ich dieses Gespräch zum Laufen bringen sollte. Als wir schon eine ganze Weile geritten waren, spornte er sein Pferd endlich zum Galopp an und wir genossen, jeder für sich, diesen Augenblick von Freiheit. In der Nähe eines kleinen Bachlaufs bremste er in den Schritt ab.

»Sollen wir den Pferden eine kurze Trinkpause gönnen?«

Ich nickte ihm zu. Obwohl ich immer viel geritten war, hatte ich – anders als erwartet – doch Probleme, den Galopp so ruhig auszusitzen wie früher und war dankbar für eine kurze Rast. Wir stiegen ab, führten unsere Pferde über einen steinigen Untergrund zum Wasser und nahmen ein paar Meter weiter im Gras Platz, um Shiwa und der Stute beim Trinken zuzusehen.

»Wo hast du so reiten gelernt?« Da ich ihm einen so guten Umgang mit Pferden nicht zugetraut hatte, war ich doch neugierig geworden.

»Ich bin zwar ein Stadtkind, aber meine ganze Familie liebt das Reiten und wir sind regelmäßig übers Wochenende auf eine Ranch gefahren.«

»Wie schön, ich war immer die Einzige in der Familie, die sich für Pferde interessiert hat. Aber leider bin ich nach meinem Teenageralter nicht mehr wirklich zum Reiten gekommen. Immer war mir etwas anderes wichtiger.«

»Dafür hältst du dich doch ganz gut.«

Ob er das jetzt so ganz ernst meinte, konnte ich an seinem Lächeln nicht wirklich ablesen. Er war ja die meiste Zeit am Lächeln oder Lachen und die feinen Details, wie er genau was meinte, konnte ich noch nicht zuordnen, dafür kannte ich ihn zu wenig.

»Wir verabreden uns heute zwar nicht mehr ganz so häufig zu solchen Wochenenden, aber wenn es unsere Terminpläne erlauben, treffe ich mich mit meiner Schwester zum Ausreiten.«

»Wie schön, wenn man ein gutes Verhältnis zu seiner Familie hat.« Dann schwieg ich kurz, denn in dem Moment fiel mir wieder ein, wie sehr ich meine Eltern vermisste.

Ich seufzte unbewusst.

»Hast du kein gutes Verhältnis zu deiner Familie? Ich wollte nicht, dass du dich schlecht fühlst.« Er sah mich etwas mitleidig an, was mein Herz kurz aufschlagen ließ und ich deswegen erneut durchatmen musste. Das machte das Ganze nicht einfacher, denn jetzt legte er seinen Arm um meine Schulter und mir viel blitzschnell seine Freundin ein, die diese Situation bestimmt nicht lustig finden würde. Daher schob ich ihn sofort mit Nachdruck beiseite.

»Nein, das verstehst du falsch, es ist alles okay! Ich vermisse meine Familie nur sehr stark. Wir waren noch nie so weit voneinander getrennt und das macht mir, wenn ich daran denke, schon ein wenig zu schaffen.« Schnell stand ich auf, um aus diesem Gespräch zu flüchten, und nahm mir Shiwas Zügel.

»Wollen wir weiter?« Sein verwirrter, aber dennoch sehr süßer Blick ließen es mich bereuen, seinen Arm weggeschoben zu haben, aber in meinen Augen hatte ich gar keine andere Wahl. Ein wenig sauer über mich selbst, oder auch über diese blöde Situation, wollte ich so energisch mit Shiwa vom Bach weggehen, dass ich auf den nassen Steinen wegrutschte. Es zwang mich unweigerlich in die Knie, aber glücklicherweise haute es mich nicht ganz hin.

»Aahh!«

Ein kurzer Schmerz zog mein rechtes Bein hoch und ich sah, dass meine Jeans leicht aufgerissen war und ich ein wenig blutete. Ich ließ mich vorsichtig zurücksinken und saß jetzt ziemlich blöd auf dem Boden rum. Jake, der Shiwa schnell festband, eilte sofort zu mir.

»Hey, was machst du denn? Oh nein, du blutest!«

Er nahm ein sauberes Taschentuch aus seiner Jeans, tunkte es zu einem Drittel ins Wasser und tupfte, während seine andere Hand vorsichtig meinen Unterschenkel hielt, den Kratzer sauber. Obwohl es nicht wirklich wehtat, hielt ich seine Hand lieber fest umklammert, um sie, falls er mir doch wehtun würde, schnell wegziehen zu können.

»Leider habe ich kein Erste-Hilfe-Set dabei, aber am Stall wird bestimmt eins sein. Dann kann ich die Wunde desinfizieren.«

Da er neben mir hockte, trafen sich unsere Blicke und so nah wie jetzt war ich ihm nie zuvor gewesen. Er war so süß, dass er mich ständig ganz aus der Fassung brachte. Ich musste unbedingt einen für mich gesunden Abstand halten, nicht das ich mich noch in ihn verlieben würde. Da er gerade mit dem Reinigen fertig war, zog ich meine Hand schnell von seiner weg.

»Ich denke, ich würde jetzt lieber zur Ranch zurückreiten.«

Er streckte mir die Hand aus, um mir hoch zu helfen, und ich nahm seine Hilfe gerne an.

»Klar, kein Thema. Tut es weh?«

Ich lächelte ihn an. »Der kleine Kratzer wird mich schon nicht umbringen.«

Langsam gingen wir rüber zu den Pferden, wobei er ganz genau darauf achtete, ob ich nicht seine stützenden Hände brauchte. Er hielt mir Shiwa fest, damit ich in Ruhe aufsteigen konnte und als er vorbildlich auf seiner Stute saß, ritten wir gemütlich zum Stall zurück.

Als die Pferde wieder in ihren Boxen waren, konnte ich Jake nicht mehr finden. Ob er wohl schon zurück zur Ranch

gegangen war, ohne sich zu verabschieden? Ich sah mich
noch einmal in alle Richtungen um und wollte mich gerade
auf den Weg machen, da drehte ich mich halb zur Seite und
wäre fast gegen ihn gelaufen.

»Hey, willst du schon gehen?« In seinen Händen hielt er
das Erste-Hilfe-Set und am liebsten hätte ich die Augen ver-
dreht.

»Ja, eigentlich schon. Ich hatte dich nirgends mehr gesehen.«

»Ich lasse dich erst gehen, wenn dein Knie desinfiziert
ist.« Er stand so vor mir, dass ich nicht an ihm vorbeihu-
schen konnte. Ich wollte mir jetzt nicht noch mal von ihm
helfen lassen, aber irgendetwas in mir wollte ihn auch nicht
wieder so grob von mir stoßen. Dieser Tag war wirklich verrückt! Er klemmte sich das Set unter den Arm und zog mich
rüber in den Eingangsbereich des Stalls, wo zwei Heuballen
standen.

»Komm schon, es dauert maximal fünf Minuten.« Er
hatte den Kopf seitlich gelegt und wartete auf meine Antwort. Ich hatte überhaupt keine Chance etwas dagegen zu
sagen, denn nachdem ich etwas widerwillig Platz genommen
hatte, breitete er schon das Set neben mir aus und nahm
etwas zum Reinigen der Wunde und ein Pflaster heraus. Er
hob vorsichtig mein Bein an.

»Darf ich den Riss ein wenig vergrößern, um besser dran-
zukommen?«

Ich nickte ihm zu. Da war er wieder, dieser blöde magi-
sche Moment. Nur, dass ich jetzt wusste, dass es sich wohl
nur für mich um Magie handelte, weil er doch eine Freundin
hatte. Es war jedes Mal wie ein kleiner Stich, wenn ich sie

mir wieder vor Augen rief. Jakes Berührungen waren so vorsichtig, so …

Ich wurde aus meinen Gedanken gerissen, als er mit einer Schere in Richtung meines Knies wanderte. Noch bevor er sie ansetzte, um meine Hose seitlich aufzuschneiden, ertappte ich mich selbst, wie meine Hand zur Kontrolle seine festhielt.

»Ich bin ganz vorsichtig, keine Sorge.« Er nahm meine Kontrollhand und legte sie zurück auf meinen Oberschenkel. Das Loch in meiner Jeans hatte er nur an der Seite ein wenig erweitert. Zufrieden legte er die Schere beiseite und tropfte die Flüssigkeit auf einen Wattebausch. Der beißende Geruch des Desinfektionsmittels ließ mich unweigerlich ein kleines Stück zurückrutschen.

»Hier geblieben.« Jake zog mich sachte die gewonnenen paar Zentimeter zu sich zurück. Vorsichtig tupfte er die Watte auf mein Knie. Ich zuckte kurz zusammen, als mich ein eigentlich kaum spürbarer Schmerz durchzog. Reiß dich zusammen, Emma! Es war ja zum Glück nur eine kleine Schürfwunde, trotzdem fühlte ich mich in dieser Situation unwohl. Zu meiner Erleichterung kämpfte Jake aber schon mit der Verpackung des Pflasters und als er gewonnen hatte, klebte er es über die Wunde.

»Schon fertig!« Er strahlte mich, wie ein Held, der einen Drachen besiegt hatte, entwaffnend an. Während ich innerlich schmunzeln musste, gab ich nur ein kurzes »Okay, danke« zurück.

Ich streckte mein Bein zur Kontrolle aus, um einen Blick darauf werfen zu können. Langsam löste sich seine zweite Hand von meinem Unterschenkel und er begann die

Müllreste vom Verarzten zusammenzuknüllen. Ich raffte mich auf und stand ihm näher als gewollt gegenüber. Alles in mir wirbelte wie verrückt durcheinander und ich zwang mich, einen ordentlichen Satz von mir zu geben.

»Du hättest dir nicht so viel Mühe machen müssen.«

»Habe ich gerne gemacht.« Seine freie Hand berührte meine Taille.

»Ich muss jetzt leider los«, flüsterte ich ihm zu, da sein Ohr ja immer noch dicht an mir war. Vorsichtig drückte ich ihn mit meiner Hand gegen seinen Brustkorb von mir und sah, dass er ein wenig enttäuscht über diese Abweisung war.

»Klar, kein Thema. Ich habe später auch noch was vor.«

»Noch mal danke.« Während ich dies sagte, berührte ich seinen Brustkorb erneut, aber diesmal nicht so abwehrend wie zuvor. Seine Hand strich über meine, die ihn berührte.

»Vielleicht sehen wir uns ja später?«

»Ja, vielleicht.«

Wir lösten uns voneinander und gingen noch in Stückchen gemeinsam, bis sich unsere Wege am Haupthaus trennten.

Kapitel 12

Es war später geworden, als ich gedacht hatte, und ich beeilte mich, zu meinem Apartment zu kommen. Schon von Weitem sah ich, dass ein Mann auf den Treppenstufen zu meiner Eingangstür saß. Ben?! In seiner Jeans, dem eleganten Gürtel und einfachem grauen T-Shirt, welches seine Brust- und Oberarmmuskeln perfekt in Szene setzte, sah er wirklich *Wow* aus. Ich freute mich riesig, ihn zu sehen. Als er mich erblickte, stand er sofort auf, um mir ein Stück entgegenzukommen.

»Hi, was machst du denn hier?«, fragte ich ihn etwas erstaunt.

»Nach unseren SMS wollte ich nicht mehr bis abends durcharbeiten. Da habe ich einfach etwas früher Schluss gemacht und nach ein paar Telefonaten endlich rausbekommen, auf welcher Ranch du untergebracht bist.« Mit einem Lächeln zog er mich an sich und nahm mich in den Arm. »Schön, dich endlich wiederzusehen.«

Es fühlte sich gut an, wie er seine Arme um mich schlang. Allerdings kam ich gerade aus dem Stall, hoffentlich stank ich nicht wie eine ganze Kuhherde.

»Und jetzt?«, fragte ich ihn.

»Lust auf die beste Pizza im ganzen Umkreis?«

»Gerne, ich muss nur noch schnell unter die Dusche.«

»Dann los, ich kann ja in der Zeit warten und auf der Terrasse drüben noch einen Kaffee trinken.« Er ließ mich aus seiner Umarmung frei.

»Ich beeile mich.« Und schon war ich auf dem Sprung in meine Unterkunft.

Ich gab Vollgas und da ich besonders hübsch aussehen wollte, entschied ich mich für mein schwarzes Lieblingskleid. Meine Haare ließ ich zur Abwechslung mal komplett offen und zu meiner Verwunderung fielen sie heute leicht gewellt über meine Schultern. *Startklar!*

Auf dem Weg zur Terrasse kam ich ins Grübeln. War das jetzt der Anfang einer Freundschaft oder doch eher ein erstes Date? Wobei wir bisher noch keinen einzigen magischen Moment hatten, und da er das ja genauso empfinden musste wie ich, war die Sache doch ganz klar. Also schlenderte ich gut gelaunt weiter, bis ich bei Ben war. Im Moment war hier nicht allzu viel los, da die Gäste größtenteils beim Abendessen waren.

»Hey, wollen wir los?«, riss ich ihn aus seinen Beobachtungen.

Er lächelte mich an. »Das sollte schnell sein?«, fragte er frech. Er schien mich immer wieder gerne ärgern zu wollen.

»Beim nächsten Mal lasse ich dich länger warten, dann weißt du es danach etwas besser zu schätzen, wenn ich mich beeile.«

Er stand auf, damit wir in Richtung Auto gehen konnten.

»Das heißt, wir sehen uns jetzt öfter?«, erwiderte er kurz.

Gute Frage. Ich musterte ihn genau und konnte mir ein Grinsen nicht verkneifen.

»Lass uns erst mal diesen Abend genießen und dann sehen wir weiter.«

Als ich noch einmal einen Blick zurückwarf, sah ich plötzlich, dass zwei Tische weiter Jake mit zwei weiteren Personen saß. Seine Blicke waren fest auf mich gerichtet und wenn ich mich nicht täuschte, hatte ich für einen kurzen Augenblick das Gefühl, das er enttäuscht aussah. Außer einem kurzen »Hi« von jedem von uns, war von diesem Moment nicht viel mehr zu erwarten, daher orientierte ich mich wieder an Ben, der mich fragend ansah.

»Wer war das?«

»Das sind Kollegen von mir, die morgen auch Lesungen halten.« Okay, damit war dieses Thema hoffentlich schon für ihn abgeschlossen.

Ich ertappte mich dabei, dass ich noch einen seitlichen Blick auf Jake warf und im Augenwinkel erkennen konnte, dass er immer noch in meine Richtung sah. Das war ein Gefühl, als wenn man ein Hundebaby im Tierheim zurücklassen muss und einem dieser Schritt das Herz zerreißt. Dennoch ging ich weiter.

Kapitel 13

Während der Fahrt in die Innenstadt war ich etwas ruhiger, als Ben sich das wohl erhofft hatte. Sein Auto schnurrte gleichmäßig wie ein Kätzchen und das Gebläse der Klimaanlage war so kühl eingestellt, dass ich kurz eine Gänsehaut bekam und mir wünschte, ich hätte noch eine Strickjacke eingepackt.

»Ist alles OK bei dir?«

Ich sah zu ihm rüber und bemerkte, dass er ein wenig besorgt aussah. »Alles okay. Es passiert im Moment nur so unglaublich viel in meinem Leben, das ich manchmal etwas durcheinander bin.«

Das war zwar nur die halbe Wahrheit, denn ich hatte noch immer Jakes Blick im Hinterkopf, aber das konnte ich Ben ja schlecht erzählen. Er sah immer noch besorgt aus. Ganz vorsichtig legte er seine rechte Hand auf meine und begann mich liebevoll zu streicheln.

»Wirklich, das ist alles?«

»Ja, wirklich. Lass uns jetzt einfach den Abend genießen.«

Ich fühlte mich ein wenig unwohl, weil mir immer noch kalt war und ich ihm gegenüber nicht ganz ehrlich sein konnte, aber für den Moment gab ich mir Mühe, diese

Gedanken beiseitezuschieben. Er bog mit dem Auto um die Ecke, um in einer Seitenstraße zu parken. Mit einem Lächeln begann er zu erzählen, was er am heutigen Abend mit mir vorhatte.

»Also ich habe mir überlegt, dass wir als zuerst etwas essen. Am Lake Austin haben wir eine tolle Aussicht. Für später habe ich eine kleine Überraschung geplant.«

Ich sah ihn verwundert an.

»Bekomme ich einen Tipp? Ich bin immer so ungeduldig!« Mein flehender Blick schien an ihm abzuprallen, aber ich konnte eindeutig erkennen, dass er ein wenig stolz auf seine Idee zu sein schien.

»Leider nicht, du musst wohl warten.« Irgendwie schien es ihn zu freuen mich so zappeln zu lassen. Wir gingen stumm weiter, bis wir einen ersten Blick auf den Lake Austin werfen konnten.

»Obwohl Austin fast eine Million Einwohner hat, gibt es hier wirklich noch viele naturbelassene Ecken«, begann er professionell zu erzählen. Seine Hand berührte meine Schulter. Ich zuckte kurz zusammen, da ich ganz vertieft war, die Umgebung auf mich wirken zu lassen.

»Wir müssen hier lang.« Er deutete nach rechts, wo man schon die Restaurants erkennen konnte.

»Schade, dass du nur kurz hier bist, es gibt so viele Möglichkeiten auch mal in einem der vielen Seen schwimmen zu gehen. Ich könnte dir noch so viel zeigen.« Er blieb stehen. »Wir sind da!«

Vor uns lag eine gut besuchte kleine Pizzeria, aber zum Glück war noch ein Tisch in einer Ecke für uns frei. So konnten wir ungestört drauflosplappern. Die Firma, für die

Ben arbeitete, hatte hier eine Zweigstelle und je nach Bedarf pendelte er hin und her.

»Musst du beruflich immer viel reisen?«, fragte er neugierig.

»Nein, normal habe ich den Luxus viel von zu Hause aus erledigen zu können. Es sind auch jetzt nur ein paar Lesetermine, um Werbung für mein Buch zu machen, und dann gehts zurück nach New York.«

»Das hört sich ganz schön aufregend an!«

»Ganz so aufregend ist es eigentlich nicht. Wenn's nach mir ginge, müsste ich auch gar keine Lesungen halten. Ich liebe es, aufmerksam durch die Welt zu reisen, mir Notizen zu machen, Geschichten einfallen zu lassen, und sie aufzuschreiben. Aber vor Fremden vorzulesen, ist für mich nicht so einfach.«

Beim Gedanken ans Schreiben schlug mein Herz einen kurzen Moment etwas heftiger und mir wurde mal wieder bewusst, dass ich meiner Leidenschaft dringend mehr Zeit widmen musste.

Ben wollte mir gerade Wein nachschenken, der auch sehr lecker war, aber es war wohl besser, dass ich am Ende dieses Abends nicht wieder bewusstlos in seinen Armen liegen würde.

»Danke, aber für mich war es genug. Oder möchtest du mich wieder betrunken nach Hause bringen?«

»Na ja, ehrlich gesagt wäre es mir auch lieber, wenn du selbstständig ins Auto reinkommst.« Er lächelte mich frech an.

»Das war nicht nett, das Ganze ist mir ohnehin unendlich peinlich.« Gespielt verzog ich die Mundwinkel.

»Muss es nicht. Hättest du dich nicht an mir festgekrallt, hätten wir uns wohl nie kennengelernt.«

Ich wusste gar nicht, wohin ich gucken sollte, denn er schaute mir so tief in die Augen und lächelte nun auch nicht mehr so herausfordernd wie noch einen kurzen Augenblick zuvor.

»Ich zahle schnell, sonst verpassen wir noch meine Überraschung.«

Er löste seinen Blick, um dem Kellner zu signalisieren, dass wir jetzt zahlen wollten. Dann bestellten wir uns ein Taxi.

Kapitel 14

Vor dem Restaurant wartete das Taxi schon auf uns. Ben war ein wenig in Eile und so sputete ich mich einzusteigen.

»Zur Congress Bridge, bitte«, teilte er dem Fahrer mit.

»Oh, dann sind Sie aber spät dran, wir haben schon fast Sonnenuntergang.«

Okay, der Fahrer schien also mehr zu wissen als ich. Ob Ben sich den Sonnenuntergang von einer Brücke aus mit mir anschauen wollte? Das wäre schon romantisch, aber eine Überraschung? Auf jeden Fall fand ich es lustig, dass er mittlerweile öfter auf die Uhr starrte und nun auch nicht mehr so entspannt wirkte. Er wollte wohl um jeden Preis rechtzeitig eintreffen.

Selbst der Fahrer gab sich größte Mühe, uns so schnell wie möglich zu unserem Ziel zu bringen, denn er überholte jedes Auto, welches nicht ganz so zügig vorankam.

»Ich kann Sie vorne an der Ecke rauslassen, dann sind es zu Fuß nur noch zwei Minuten.«

Ben kramte schon die Fahrtkosten inklusive eines großzügigen Trinkgelds aus seiner Börse und antwortete nur sehr knapp. »Perfekt, danke!« Dann zog er mich auch schon aus dem Taxi. »Los, Emma, wir müssen uns beeilen.«

War ein Sonnenuntergang wirklich so wichtig? Wenigstens kannte Ben sich gut aus, zumindest hoffte ich das, wenn er mich schon nach dem reichlichen Essen durch die Stadt jagte. Wie versprochen waren es knapp zwei Minuten, bis wir ankamen.

»Wir sind am Ziel«, sagte er nun fast schon beiläufig.

Er nahm meine Hand, um mich in der Menschenmenge nicht zu verlieren. Dabei wirkte er sichtlich erleichtert und hatte auch sein Lächeln wiedergefunden. Auf der Brücke standen unzählige Leute. Wieso? Es war mir ein Rätsel. Was es hier wohl zu sehen gab? Wir mogelten uns im Zickzack durch die Menge, bis Ben meinte, wir hätten die perfekte Stelle gefunden. Ich sah mich in alle Richtungen um, um herauszufinden, was wir hier nur wollten.

»Hab ein wenig Geduld«, flüsterte er mir von hinten ins Ohr, »Wir sind noch rechtzeitig.«

Ich spürte, wie seine Hände vorsichtig an meiner Taille vorbeiglitten und seine starken Arme mich komplett umschlangen. Ein angenehmes Gefühl der Wärme durchströmte meinen Körper und ich ließ meine Hände in seine gleiten. Keiner von uns sagte etwas.

Plötzlich wurde der ganze Himmel dunkel. In diesem Moment verstummte die gesamte Menge und starrte nach oben.

»Was ist das!?«, fragte ich vorsichtig und in meiner leicht vibrierenden Stimme konnte ich meine Aufregung nicht verbergen.

»Fledermäuse.«

Ich wendete erstaunt den Blick zu ihm und konnte nicht glauben, was er da sagte. Fledermäuse?

»In den Sommermonaten jagen sie bei Sonnenuntergang Insekten. Es sind geschätzt eineinhalb Millionen Tiere, daher verdunkelt sich für kurze Zeit der gesamte Himmel.«

»Wow, das ist der Wahnsinn!« Total fasziniert konnte ich mich überhaupt nicht entscheiden, wohin ich schauen sollte. Das Spektakel dauerte eine ganze Zeit lang und irgendwann wurden es immer weniger Fledermäuse und auch Menschen auf der Brücke. Vollkommen beeindruckt drehte ich mich zu Ben um und gab ihm spontan einen Kuss auf die Wange.

»Danke, das war eine wirklich einzigartige Idee! So viele Fledermäuse, das war echt ein Erlebnis!«

Er unterbrach meinen Ausbruch der Begeisterung, indem er mir liebevoll über die Wange strich, bevor wir uns immer noch eng umschlungen auf den Weg machten und der sich auflösenden Menschenmenge folgten.

»Schön, dass es dir gefallen hat. Ich liebe dieses einzigartige Naturschauspiel so sehr, dass ich es mir immer wieder anschaue, wenn ich hier bin.«

Während wir gemütlich zu seinem Auto schlenderten, plapperten wir noch die gesamte Fahrt aufgeregt über dieses Ereignis. Er fuhr so nah wie möglich an mein Apartment und begleitete mich noch bis kurz vor meine Tür.

»Es war ein noch viel schönerer Abend, als ich erwartet hatte«, gab ich zu.

»Du dachtest, wir hätten keinen schönen Abend?«

»Nein«, fiel ich ihm sofort in Wort, »so meinte ich das nicht!« Aber an seinem Blick konnte ich erkennen, dass er mich nur ärgern wollte, was ihm auch gelungen war.

»Weiß ich doch.« Er kam mir gefährlich nah und diesmal war ich diejenige, deren Hände ganz vorsichtig seinen

Oberkörper berührten. Als wenn das sein Stichwort gewesen wäre, kam er mir noch ein Stück näher. Ganz vorsichtig, aber doch selbstsicher, berührten seine warmen Lippen die meinen. Es war ein schönes Gefühl, von diesem starken Mann so liebevoll gehalten und geküsst zu werden und als wir uns voneinander lösten, empfand ich es sogar als ein wenig schade.

»Wenn du magst und ich es schaffe, früher von der Arbeit loszukommen, könnte ich sofort durchfahren und dir bei deiner Lesung zuhören. Was denkst du?«

Diese Idee fand ich nicht ganz so prickelnd.

»Ich bin ohnehin schon so aufgeregt«, gab ich ein wenig kleinlaut zurück.

»Du kannst es dir ja durch den Kopf gehen lassen und dann telefonieren wir morgen.«

»Abgemacht!«

Er nahm mein Gesicht in seine Hände, küsste mich zum Abschied noch einmal flüchtig und sah mir dabei sehr intensiv in die Augen, um zusätzlich meine Reaktion abschätzen zu können.

Ich ging zu meiner Tür und sah mich noch einmal kurz um. Selbst von hinten war dieser Mann ein toller Anblick!

Kapitel 15

Leichte Sonnenstrahlen fielen durch die Jalousien auf mein Bett und die Wärme und der Lichteinfall weckten mich sanft auf. Mein erster Griff ging zu meinem Handy. Mit einem leichten Blinzeln schaute ich nach der Uhrzeit. Zehn vor neun, ich hatte also nicht ganz so lange geschlafen und der ganze Tag lag noch vor mir. Zum Glück, denn vor dem Einschlafen hatte ich ganz vergessen, den Wecker zu stellen. Also blieb genügend Zeit, mich ein wenig auf die Lesung vorzubereiten und dann ganz entspannt zu meinem Termin zu fahren. Nachdem ich das WLAN eingeschaltet hatte, vibrierte mein Handy sanft. Zwei neue Nachrichten erschienen auf der Anzeige und ich klickte sie umgehend an. Eine der beiden war von Michael. Er würde versuchen, heute vorbeizuschauen, denn er müsse dringend etwas mit mir bereden. Okay, es geht bestimmt um weitere Termine, schoss es mir durch den Kopf. Hoffentlich kommt er erst nach meiner Lesung vorbei. Der Gedanke, er wäre eventuell früher da und würde mir wie ein Kontrollfreak bei der Lesung beiseitestehen, ließ meine Nervosität kurz aufflackern. Beim Lesen der zweiten Nachricht beruhigte sich mein Herzschlag durch die süßen Worte, die Ben mir vor der Arbeit geschrieben hatte.

Guten Morgen! Danke für den schönen Abend gestern.
Hoffe wir sehen uns heute wieder. Ich wünsche dir einen
tollen Tag! Bin in Gedanken bei dir.

Wie süß, es war wirklich ein schöner Abend. Ohne einem
der beiden zu antworten, verschwand ich im Bad.

Während die Wasserstrahlen sanft auf meiner Haut tanz-
ten und ich den gewohnt zarten Duft meines Dusch-
schaums in vollen Zügen genoss, ging ich den heutigen
Nachmittag schon mal in Gedanken durch. Meine Haare
föhnte ich mit wenig Aufmerksamkeit, weil ich erstens nicht
ganz so spät beim Frühstück sein wollte und zweitens mit
Parallel-Lesen meiner Textstellen mein Multitasking komplett ausgereizt hatte. Ganz zufrieden mit meiner Leistung
schob ich meine Unsicherheit vorm heutigen Tag optimistisch beiseite. Ich konnte sie zwar beim besten Willen nicht
selbst beurteilen, da ich aber ganz entspannt war und mir
auch fest vorgenommen hatte mich nicht verrückt zu machen, legte ich mein Buch beiseite. Schnell band ich noch
meine Zotteln zu einem Dutt, zog ein Top, meine zerrissene
Jeans und Sneakers an und es konnte losgehen.

Auf dem schmalen Gehweg zum Wintergarten, wo das
Frühstück serviert wurde, traf ich Judy.

»Hi. Wo warst du denn gestern Abend noch unterwegs?
Und wer war der hübsche Kerl, der auf dich gewartet hat?«

Stimmt, Judy saß ja gestern mit Jake und dieser Frau ganz
in der Nähe. *Jake!* Seinen traurigen Hundeblick hatte ich
ganz vergessen. Ich strich mir beim Gedanken an ihn etwas
verlegen eine Haarsträhne zurück hinters Ohr, die mich
wohl ärgern wollte.

»Das war ein Freund von mir, der hier in Austin arbeitet. Er hat mir ein bisschen von der Stadt gezeigt«, gab ich zurück.

Judy musterte mich.

»Ah, ein Freund also. Sieht er das genauso? Als du in seinem Sichtfeld erschienen bist, wirkte er ganz schön nervös. Du sahst aber gestern auch wirklich toll aus. Selbst Jake ist die Kinnlade heruntergefallen, als er dich gesehen hat.«

»Oh, danke. Wieso Jake? Also …«, stotterte ich unbeholfen herum.

»Ja, du hast gestern wohl gleich zwei Männern ziemlich gut gefallen.«

Das war mir jetzt doch unangenehm und ich merkte, wie mir die Röte ins Gesicht stieg.

»Das war überhaupt nicht meine Absicht und Jake ist doch auch mit seiner Freundin hier.«

»Seine Freundin?«, fiel sie mir ins Wort »Nora ist seine Schwester! Sie hat ihn den ganzen Abend damit aufgezogen, weil ihm bei deinem Anblick fast die Augen rausgefallen sind.«

Jetzt war ich sprachlos. Dann war vielleicht doch etwas Magisches zwischen uns. Ich glaubte, mein Herz setzte vor Schreck für ein paar Schläge aus. Zum Glück waren wir schon fast vor der seitlich liegenden Glastür, die zum Frühstücksbereich führte. Da dieses Gespräch mir jetzt doch zu privat wurde, wechselte ich schnell das Thema.

»Super, es sieht nicht so überfüllt aus, wir bekommen bestimmt noch einen Tisch. Ich verhungere fast!«

»Wirklich süß, wie du versuchst abzulenken, aber wir brauchen einen Tisch für vier Personen. Nora und Jake

kommen auch gleich nach. Ich bin mit den beiden hier verabredet.«

Sie lächelte mich von der Seite an und versuchte in einem
an meiner Mimik abzulesen, ob ich diese Idee gut fand. Ich
hielt ihr mit einem Lächeln die Tür auf und versuchte auch
hier erneut abzulenken.

»Ladys first!«

»Danke.« Sie huschte an mir vorbei und versuchte ihr Lachen zu unterdrücken. Da ausreichend Vierertische zur Verfügung standen, war unser erstes Ziel das schön dekorierte
aber überschaubare Buffet. Die Auswahl war typisch ameri-
kanisch gehalten und Judy füllte ihren Teller mit reichlich
Rührei und viel zu fettigen Bacon. Es gab zwar unglaublich
lecker aussehende Pancakes, aber da ich ja gestern schon ordentlich zugeschlagen hatte, nahm ich mir einen Joghurt mit
frischem Obst und einen großen Kaffee. Ich drehte mich zu
Judy um und sah, dass sie mit ihrer reichhaltigen Ausbeute
schon zu einem Tisch marschierte und wild gestikulierte,
dass sie fündig geworden war. Als ob ich sie hier hätte übersehen können. Um ihrem Gezappel ein Ende zu setzen,
nickte ich ihr schnell zu, bevor wir noch die Blicke aller anderen Gäste auf uns ziehen würden. Schnell eilte ich zu ihr
und setzte mich neben sie. Diese sparsame und zugleich
traurige Dekoration auf dem Tisch war wiederum alles andere als üppig. In der Mitte des Tisches stand lediglich eine
kleine helle Vase mit zwei mageren Blümchen darin. Das
einzige, was dem Raum einen freundlichen Touch verlieh,
waren die Sonnenstrahlen, die durch das Glasdach fielen.
Wäre es nicht noch zu frisch gewesen, hätte ich viel lieber
draußen im Terrassenbereich gesessen.

Während ich alles kritisch begutachtete, sah ich, dass Jake und seine Schwester durch den Haupteingang zum Kaffeeautomaten gefunden hatten. Die beiden wirkten so vertraut miteinander und alberten herum wie Kinder, dass ich beim besten Willen nie damit gerechnet hätte, dass es sich um Geschwister handeln könnte. Auf jeden Fall musste Jake ein sehr inniges Verhältnis zu seiner Familie haben. Es dauerte nicht lange, bis beide mit ihren Kaffeetassen in der Hand zu uns rüberkamen, wobei Jake zuerst nur Judy wahrnahm und bei meinem Anblick ein wenig zögerte.

»Guten Morgen!« Nora begrüßte erst Judy und streckte mir dann ihre zierliche, aber sehr gepflegte Hand entgegen. »Ich bin Nora.«

»Hi, ich bin Emma. Freut mich dich kennenzulernen.« Ich war erstaunt, dass, wenn sie mir so gegenüberstand, sie viel älter wirkte als ihr Bruder. Auch, wenn mein erster Eindruck sie als sympathisch einstufte, schien sie nicht diese lockere Art zu haben, die ich an Jake so sehr mochte.

»Ich habe vor Kurzem mit deinem Buch angefangen. Es gefällt mir richtig gut.«

»Oh, danke! Das freut mich wirklich sehr«, gab ich erstaunt zurück.

»Jake hat es mir empfohlen, nachdem er in seinem schon fleißig gelesen hatte und total aus dem Häuschen war.«

Wow, die beiden schienen sich nicht nur gut zu verstehen, sondern auch über alles zu reden. Und das aller Beste an dieser Sache war, er fand meinen Roman gut! Ich war nicht nur angenehm überrascht und ein wenig verlegen, da ich damit so gar nicht gerechnet hatte. Ich hätte vor Freude tanzen können, was ich natürlich sein ließ. Jake, der währenddessen seinen Kaffee schräg gegenüber von mir abstellte, kam ebenfalls zu mir. Aber anstatt seiner vorsichtigen liebevollen Umarmungen drückte er mich diesmal nur ganz kurz, ohne dass jegliches Gefühl rüberkam. Na ja, *ein* Gefühl kam schon rüber. Wie so ein kleiner fieser Stich ins Herz fühlte ich einen Hauch von Enttäuschung und wusste nicht, wie ich das am geschicktesten vor allen verbergen sollte. Seine traurigen Augen blickten mich tief und vorwurfsvoll an und jetzt bekam ich zu allem Überfluss auch noch ein schlechtes Gewissen. Als hätte *ich* einen Fehler gemacht. Daher wich ich seinen sonst so fröhlichen braunen Augen aus. Natürlich fiel diese beklommene Stimmung auch den andern beiden auf, die die Situation mit einem lockeren Gespräch zu entschärfen suchten. Okay, ich legte jetzt meine volle Aufmerksamkeit auf das Umrühren meines Kaffees, wobei ich im Eifer mehrfach mit dem Löffel gegen die Innenseite der Tasse stieß. Dieser ungewollte Lärm war nicht sehr hilfreich ... Dafür hätte ich mich am liebsten selbst in den Hintern gebissen. Ich hatte den Augenkontakt abgebrochen, um mich neu zu sortieren, aber mein Plan ging wohl nicht richtig auf. *Mist!*

»Du kommst aus Deutschland?« Nora versuchte, mich wieder mit einzubeziehen.

»Ja, stimmt«, gab ich knapp und leicht verärgert zurück. Jake verschwand in Richtung Buffet und Judy drehte umgehend ihren Kopf zu mir, als er außer Reichweite war. Sie sah mich fragend an.

»Keine Lust zu reden? Du plapperst doch sonst so gerne. Ist alles OK mit dir?«

»Ich weiß nicht?«, druckste ich rum.

Dieses beklemmende Gefühl, nur so kalt begrüßt zu werden, zerstörte meine gute Laune in Rekordgeschwindigkeit. »Ich werde meinen Kaffee mit auf mein Zimmer nehmen.« Ich wollte gerade aufstehen, da berührte mich ihre kühle Hand an der Schulter und ich zuckte kurz zusammen.

»Sorry, ich habe immer so kalte Hände.« Judy zuckte mit den Schultern und sah mich mit traurigem Blick an. »Er ist enttäuscht, er hatte sich gestern Abend auf dich gefreut und da kommst du hübsch zurechtgemacht, triffst dich aber, aus seiner Sicht betrachtet, mit einem anderen Mann. Die Situation war vergleichbar mit deinem Blick, als du Nora für seine Freundin gehalten hast.«

Mit einem breiten Lachen, als hätte Nora den neusten Witz gehört, sah sie mich an. »Du dachtest, ich wäre seine Freundin?«, quietschte sie unnatürlich schrill.

»Zu meiner Verteidigung muss ich sagen, dass man schon merkt, dass ihr beide euch sehr nah steht, daher kann man das auch leicht falsch verstehen.«

»Wir ein *Paar*? Wie lustig ist das denn? Das hat uns noch nie jemand gesagt.«

Na super, das war mir jetzt wirklich peinlich. Wie damals zu Schulzeiten merkte ich, dass meine Wange leicht warm wurde. *Klasse!* Jetzt lief ich auch noch rot an. In dieser unangenehmen Situation hatte ich ein enorm ausgeprägtes Fluchtgefühl.

»Ich habe wirklich noch viel vorzubereiten, ich verabschiede mich lieber.« Einen letzten Schluck Kaffee gönnte ich mir noch und stand auf, um zu gehen.

»Hey, ich wollte dich nicht vertreiben«, versuchte Nora jetzt wieder einzulenken.

»Nein, alles okay. Ich wollte sowieso nur ein schnelles Frühstück«, flunkerte ich.

Jake kam gerade mit zwei Tellern zurück, die er neben seinem Kaffee parkte.

»Du gehst schon?«

Ich wollte genau jetzt in diesem Augenblick nicht mit ihm reden, daher hielt ich meinen Kopf leicht gesenkt. Seine Schwester blickte zu ihm und zuckte nur kurz mit den Schultern.

»Das ist wohl unsere Schuld.«

»Wieso?« Er konnte gerade nicht ganz folgen.

»Wir sehen uns ja später bei der Lesung.«

Bei meinem Fluchtversuch sah ich dummerweise kurz zu Jake und wich seinem Blick sofort wieder aus. Diese braunen Augen, in denen man versinken konnte, waren nicht hilfreich, wenn man möglichst schnell das Weite suchen wollte.

»Wie du meinst.« Seine Stimme wirkte nun wirklich traurig. »Wir werden um vierzehn Uhr abgeholt. Treffen wir uns im Eingangsbereich?«

Mittlerweile war er zu mir rübergekommen und schob mein Kinn mit seiner Hand ganz vorsichtig nach oben, damit ich ihm nicht erneut auswich. Diese zarte Berührung fühlte sich so angenehm warm auf meiner Haut an. Am liebsten hätte ich meinen Kopf in seine Hand gelegt, um noch mehr von dieser Berührung zu bekommen, aber die Tatsache, dass wir gerade von zwei Augenpaaren genaustens beobachtet wurden, zerstörte diese Idee so schnell, wie sie in mir aufgekommen war.

»Ich werde pünktlich da sein.«

Mit einem zerknirschten Lächeln streichelte ich über seine Hand, die immer noch mein Kinn hielt, sich aber dann entfernte. Langsam und in Gedanken vertieft, trottete ich den Weg zurück, um dann die Zeit totzuschlagen, bis wir endlich abgeholt würden.

·· ♡♡♡ ··

Gegen halb zwei saß ich bereits wieder auf der kleinen Terrasse unter einem großen gelben Sonnenschirm und genoss meinen Latte macchiato. Während ich mein Buch Seite für Seite durchblätterte, ging ich in Gedanken alles durch. Meine Hände hielten das Buch nicht mehr so ruhig, und die Nervosität schien langsam wiederzukehren. Dennoch versuchte ich, weiter konzentriert zu arbeiten. Fabi hatte alles so locker über die Bühne gebracht, es musste heute einfach ähnlich gut bei mir laufen! Immerhin gab es niemanden, der diese Geschichte besser kannte als ich. Ein Schleifen eines der Gartenstühle über den Terrassenboden ließ mich aufblicken!

»Hi, darf ich mich setzen?« Jake war gekommen. Ich freute mich, ihn wiederzusehen.

»Ja klar, wir haben ja noch einen Augenblick, bis wir abgeholt werden.«

»Hat meine Schwester dich heute Morgen so aus dem Konzept gebracht, oder was war los? Irgendwie war die Stimmung komisch.«

Er wirkte nicht mehr ganz so traurig und distanziert wie heute früh und sprach auch sofort aus, was ihn beschäftigte.

Das war auf jeden Fall eine Eigenschaft, die ich generell mochte.

»Du dachtest, sie wäre meine Freundin?«, fuhr er fort. Jetzt wirkte er so amüsiert wie Nora, was mich ärgerte.

»Ist ja schön, dass ihr euch alle auf meine Kosten lustig macht«, gab ich gespielt säuerlich zurück und zog einen Schmollmund.

»Du sahst gestern wirklich sehr hübsch aus«, sagte er sanft und wechselte gekonnt das Thema. »Irgendwie hatte ich gehofft, du würdest an unseren Tisch kommen und den Abend mit uns verbringen.«

»Ich wusste ja noch nicht mal, dass ihr euch trefft, ansonsten wäre ich gerne zu euch gestoßen, andererseits war ich schon ewig mit einem Freund verabredet und wollte euch auch nicht stören.«

»Nur ein Freund?« Das darauffolgende breite Lächeln war gewohnt fröhlich, total süß und noch dazu ansteckend. Was machte dieser Typ nur mit mir?

»Machen wir uns auf zum Parkplatz? Ich glaube, wir werden erwartet.«

Wir standen auf, ich hakte mich wie selbstverständlich mich bei ihm ein und wir gingen gemeinsam rüber. Wie schön, dass sich manche Problemchen ganz allein lösen, denn dieses vertraute und unkomplizierte Miteinander war wie auf einer Wolke schweben.

Kapitel 16

Meine Erwartungen wurden bei Weitem übertroffen, als unser privater Transfer das Ziel fast erreicht hatte und wir schon einen ersten Blick auf die Austin Central Library werfen konnten. Jake lehnte sich zu mir rüber.

»Hier müssen wir hin, das ist die größte Bibliothek in Austin.«

»Woher weißt du das? Warst du schon einmal hier?«

»Alles Internetrecherche. Ich war neugierig, wohin uns unsere Tour führt.«

Jetzt hatte ich ein schlechtes Gewissen. Normalerweise war ich immer super auf alles vorbereitet, aber diesmal war ich so mit mir selbst und den ganzen Veränderungen in meinem Leben beschäftigt gewesen, das mir noch nicht mal in den Sinn gekommen war, das Internet wenigstens ein bisschen zu durchforsten. Wobei es durchaus etwas für sich hatte, spontan von neuen Eindrücken überrollt zu werden.

Die Bibliothek war riesig, weitaus größer, als ich es mir vorgestellt hatte, und befand sich mitten im Zentrum Austins. Der Fahrer bog wie selbstverständlich in die Einfahrt zur Tiefgarage. Somit konnte ich nur einen kurzen Blick auf das moderne Gebäude in futuristischem Design werfen. Der Außenbereich war liebevoll stufenförmig mit hellen Steinen angelegt und ein breiter Gehweg führte zum Eingang. Obwohl die meisten Bibliotheken an Beliebtheit verloren, da uns durch die digitale Welt zahlreiche neue Möglichkeiten zur Verfügung standen, waren hier zu meinem Erstaunen viele Menschen. Vor lauter Freude rutschte ich auf meinem Sitz hin und her. Ich wusste überhaupt nicht, wo ich vor Begeisterung hinsehen sollte. Jake berührte mich vorsichtig und sofort wurde ich ruhiger.

»Ich habe gehört, dass man von der Dachterrasse einen tollen Ausblick hat. Bei dem tollen Wetter kann man bestimmt unglaublich weit sehen.«

Ich wendete ihm meinen Blick zu.

»Wir haben ja noch über eine Stunde Zeit. Ich würde mir unglaublich gerne vorher noch so viel wie möglich ansehen.«

Er beobachtete mich ganz genau.

»Deine Begeisterung für neue Dinge ist unglaublich sympathisch und ansteckend. Ich mag diese Eigenschaft an dir.«

Das Auto kam etwas ruppig zum Stehen und der Gurt zog sich fest um meine Schulter. *Autsch!* Ich zog scharf die Luft ein, aber da ich nicht schon wieder rumjammern wollte, versuchte ich, mir den Schmerz nicht anmerken zu lassen. Der Fahrer hatte für ein paar unvorsichtige Fußgänger abgebremst.

Jake nutzte gleich die Gelegenheit und öffnete die Tür.

»Wo wir schon stehen, werden wir hier aussteigen«, erklärte er kurz und reichte mir seine Hand, um ihm zu folgen.

Verständnislos zuckte der Fahrer mit den Schultern.

Auf dem Weg nach oben nahm ich mein Buch aus der Tasche und strich noch einmal über den Einband. Irgendwie gab es mir Sicherheit, es fest in den Händen zu halten. Jake hatte sofort bemerkt, dass ich mein Buch krampfartig umklammerte. Sanft strich er mit zweien seiner Finger über meinen Handrücken.

»Wir können uns auch später noch alles anschauen. Darf ich dich erst einmal auf einen Kaffee einladen? Dann suchen wir uns eine gemütliche Ecke, quatschen noch ein bisschen und genießen die Atmosphäre.«

»Hört sich gut an!«, gab ich zurück und freute mich innerlich, ihn noch ein einige Zeit für mich allein zu haben.

Er ging voran, behielt mich aber im Auge und folgte der Beschilderung in Richtung Cafeteria. Wir mussten in den sechsten Stock und folgten einer Treppe, die mich durch die vielen Verzweigungen an eine berühmte Schule für Hexerei und Zauberei denken ließ. Nur waren diese Treppen viel breiter, um für eine größere Menschenmenge Platz zur Verfügung zu stellen und natürlich war alles viel moderner. Angekommen im ›Cookbook Bar & Café‹, was ich für einen sehr passenden und irgendwie auch lustigen Namen hielt, war zum Glück nicht allzu viel los.

Alles wirkte ziemlich stylish. Es gab Tische in verschiedenen Formen, die in den Bibliotheksräumen mit Regalen voller Bücher untergebracht waren. Genau der richtige Platz für mich, um in Ruhe mein Lieblingsgetränk zu genießen. Hätte ich in meiner Nähe eine Location dieser Art, würde ich mich so oft wie möglich dorthin zurückziehen, um einfach ein wenig zu lesen, relaxen oder zu arbeiten. Jake stellte sich an einer der beiden Schlangen an und kam schneller als erwartet mit zwei Tassen in der Hand zurück. Ich sah mich noch mal um.

»Sollen wir uns raussetzen?«

Stumm folgte ich Jake in Richtung Terrasse, die wunderschön war und eher einem Garten glich. Überall waren Pflanzen und Blumen. In der Mitte, unter einer Teilüberdachung, standen gemütliche Sessel, kleine Sofas und passende Tische mit bunten Bistrostühlen. Von den Seiten hatte man einen einmaligen Blick auf Austin, welches mich wegen des vielen Grüns beeindruckte. Ich trottete Jake weiter hinterher, der einen Sitzplatz in diesem kleinen Paradies für uns ausgemacht hatte und selbst auch total begeistert von diesem Ort wirkte.

»Es scheint dir zu gefallen. Warst du schon mal in Texas?« Ich stoppte und musste einen Moment nachdenken. »Du hast mir auch noch nicht erzählt, wo du eigentlich herkommst.«

Jake erwiderte meine Frage mit seiner gewohnten freundlichen offenen Art. »Okay. Ich komme aus Chicago und bin zwar schon viel durch Amerika gereist, aber genau wie du zum ersten Mal in Austin. Deine Begeisterung für diesen Ort kann ich absolut nachvollziehen.«

Mit einem Mal fühlte ich mich schon nicht mehr ganz so allein auf meiner Lesetour und empfand eine Bindung zwischen uns beiden, die mir innerliche Ruhe gab. Endlich hatte ich das Gefühl, dass mich jemand verstand. Dieses Gefühl war ansonsten nur meinen engsten Freunden oder meiner Familie vorbehalten gewesen, daher war meine Freude umso größer.

»Du strahlst ja.«

Ups. Ja, ich war wohl gerade in Gedanken vertieft.

»Ich finde es wirklich schön, dass es jemanden gibt, der offen für Neues ist. Ich liebe das Reisen und dabei alles zu entdecken, aber ich fühlte mich bisher recht einsam auf meiner Entdeckungstour und jetzt merke ich, dass ich dies vielleicht doch nicht bin.«

»Ganz ehrlich?«, fragte Jake.

»Ganz ehrlich was?«

»Ich beobachte dich seit unserem ersten Treffen und finde es unglaublich mutig, dass du ganz allein einen Neustart gewagt hast und so offen und neugierig alles erkundest. Ich bewundere diese Art sehr.«

Mir wurde ganz warm bei diesen Worten und ich tapste etwas verlegen von einem Bein auf das andere.

»Das hat mir so noch niemand gesagt. Danke.«

»Gern geschehen.« Er streichelte mir dabei sanft über den Rücken und löste dann seinen Blick, um mir den Vortritt zur Couch zu lassen. Diese kleine Berührung war so liebevoll, dass ich es schade fand, als seine Hand sich wieder löste. Zu gerne hätte ich diesen Moment noch ein wenig genossen. Wir setzen uns beide auf die Couch und zu meiner Freude war sie so klein, dass sich unsere Körper berührten. Genau genommen waren es nur unsere Beine, aber seine Gegenwart zu spüren, war ein unbeschreibliches Gefühl.

Ich legte mein Buch auf den kleinen Tisch und nahm ihm einen der Kaffeebecher ab. Dabei ließ ich meinen Blick über die Skyline von Austin schweifen. Anders als in New York gab es hier zwar einige Tower, aber die Anzahl war überschaubar und es war nicht alles ganz so nah aneinander verbaut. Ein stufenförmiges Hochhaus fiel zwischen den anderen sofort ins Auge, welches unmittelbar hinter dem Ufer und einer Baumreihe emporragte. Diese Stadt wirkte auf mich sehr freundlich und nicht ganz so unübersichtlich.

»Schön hier.« Jake ließ sich zurücksinken und blinzelte, weil ihm jetzt ein paar Sonnenstrahlen genau ins Gesicht fielen. »Unglaublich schön. Irgendwie schade, dass wir zum Arbeiten hier sind und morgen auch schon weiterziehen. Hier hätte ich ohne Probleme einen Kurzurlaub machen können.«

Auch ich ließ mich zurücksinken und schlürfte an meinem Kaffee.

»Ich finde es Klasse, dass wir durch unseren Job die Möglichkeit haben, ein paar neue Städte zu sehen. Seit Jahren wollte ich schon eine Art Roadtrip machen, aber wie das halt so ist. Dann fehlt die Zeit oder ein passender Reisepartner und dann verliert man sein Ziel wieder aus den Augen«, sprudelte es aus Jake heraus.

Hallo? Ich stand doch direkt vor ihm und wäre die perfekte Person für diesen Trip. Am liebsten hätte ich durch wildes Winken auf mich aufmerksam gemacht. Nicht das ich mich total zum Affen machen wollte, aber mein Herz schlug bei seinen Vorstellungen vom Reisen deutlich heftiger als sonst. Es fiel mir schwer, meine Begeisterung im Zaun zu halten.

»Ich schreibe dir später mal meine Telefonnummer auf, für den Fall, dass du das nächste Mal auf der Suche nach einem Reisepartner bist, kannst du ja mal durchklingeln lassen.« Ich hatte mir wirklich Mühe gegeben, dass ganze ziemlich cool rüberzubringen, aber meine Stimme war vor Begeisterung etwas zittrig und der Satz klang im Nachhinein betrachtet irgendwie dämlich. Zu meinem Glück lächelte Jake breit.

»Dann bist du meine erste Wahl, wenn ich mit der Planung beginne.«

Ich fiel ihm um den Hals, weil ich meine Freude nicht mehr zurückhalten konnte, und er erwiderte meine Umarmung. Allerdings hatte er dadurch Schwierigkeiten, seinen Kaffee gerade zu halten und uns beiden schwappten je ein paar Tropfen auf die Hose.

»Sorry, ich wollte dich nicht bekleckern, aber die Idee ist großartig. Das wäre bestimmt eine ganz einmalige Reise.«

Verzweifelt suchte er in seiner Hosentasche nach einem Taschentuch, um sich die Flecken abzutupfen.

»Nach meinen Leseterminen könnte ich dir zeigen, wie ich mir meine Reise ungefähr vorstelle. Ich habe zu Hause schon erste Notizen und einige Reiseführer.«

Ich musste schmunzeln, als er mir davon erzählte.

»Irgendwie lustig, dass wir uns in diesem Bereich so ähnlich sind. Das gefällt mir. Es ist schwer, jemanden zu finden, der bei seiner Urlaubsplanung genauso denkt wie man selbst.«

Wir sahen uns intensiv in die Augen und mussten beide wie die Honigkuchenpferde um die Wette grinsen.

»Bist du startklar für deine Lesung?«, fragte mich Jake.

»Ja, bin ich. Es war schön, vorher die Zeit mit dir zu verbringen. Das hat mir sehr geholfen, nicht ganz so nervös zu sein. Ich fühle mich gerade richtig gut.«

»Wenn ich ehrlich bin, geht es mir wie dir, wenn ich vor Publikum lese, aber wenn ich Freunde oder Familie um mich habe, klappt es immer etwas besser. Außer, wenn du dabei bist.«

Er gab mir einen Stups von der Seite, der diesmal meinen Kaffee ins Schwanken brachte. Geschockt blickte ich zu ihm auf, konnte aber nicht die richtigen Worte finden. Er lächelte mich mit seinem breiten unwiderstehlichen Lächeln an und mir wurde warm.

»Was soll das denn heißen?«

»Nicht falsch verstehen. Ich meine, dass ich heute alles besonders gut machen möchte, wenn du dabei bist.«

Erleichtert atmete ich so leise wie möglich durch.

»Jetzt hast du mich aber kurz geschockt. Du wirkst auf mich immer so voller positiver Energie, voller Leidenschaft, wenn du liest. Ich hätte gerne eine Portion von diesem Selbstvertrauen.«

»Schön, dass es auf Außenstehende so wirkt. Ich bin immer sehr nervös, deshalb freut es mich auch, dass du mich vorher auf andere Gedanken gebracht hast.«

Es war angenehm, dicht neben ihm zu sitzen. So dicht, dass wir uns zwischendurch immer kurz berührten. Unsere ausgestreckten Füße wurden durch die Septembersonne gewärmt und alles wirkte für die kurze Zeit, in der wir unseren Kaffee schlürften, so einfach. Nur wir beide, zumindest noch ein paar Augenblicke …

»Hast du später schon etwas vor?«, durchbrach er die kurz aufgekommene Stille.

»Nein, nichts Konkretes.«

Wie ein Geistesblitz fiel mir Michael ein, der Wichtiges mit mir besprechen wollte. Dann war da ja noch Ben, der vielleicht auch zur Lesung auftauchen wollte. *So ein Mist!* Im Moment wünschte ich mir, er würde es vor lauter Arbeit nicht schaffen und mir gleich noch absagen. Ich hätte Jake gerne noch so lange wie möglich für mich allein. Die gemeinsame Zeit, die wir heute miteinander verbracht hatten, war so schön, dass ich nicht genug davon bekommen konnte.

»Na ja, dann können wir ja später noch was trinken gehen.«

Mein Herz hüpfte bei seinen Worten vor Freude und am liebsten hätte ich ihn wieder spontan umarmt und »Ja« gerufen, aber ich gab mir Mühe ganz entspannt zu reagieren.

»Das würde mich wirklich sehr freuen«, gab ich bemüht ruhig zurück.

»Das sehe ich.«

Seine umwerfende Art drohte mich wieder ganz durcheinanderzubringen. Ich lehnte meine Schulter kurz an seine und genoss den Kontakt. Dann stupste ich ihn herausfordernd etwas von mir weg.

»Komm, die Arbeit ruft. Ich glaube wir müssen langsam los.« Ich sprang auf und hielt ihm die Hand zum Aufstehen hin.

Kapitel 17

*J*akes kleine und großen Fans bildeten sofort eine Menschenschar um ihn herum, als er im Lesebereich erschien. Ich winkte ihm noch einmal flüchtig zu und ging dann voller Stolz zu meinem Leseraum. Darin stand ein mittelgroßer Tisch, auf dem ein anschaulicher Stapel meiner Bücher lag. Eine eher erbärmliche kleine Ankündigungstafel wies auf meine Lesung hin.

* Emma Bergmann liest hier für Sie um 17 Uhr aus ihrem Buch *

Ein paar Interessenten saßen bereits in den ersten drei Reihen und warteten geduldig. Kurzentschlossen zückte ich mein Handy, um meiner Mama ein Foto vom Buchstapel, inklusive dem Schild zuzuschicken. Ich hatte gerade zwei Fotos gemacht, da tippte mich jemand auf die Schulter und ich zuckte leicht zusammen.

»Hi, sind Sie Ms. Bergmann?« Eine Frau zeigte dabei auf das kleine Bild in meinem Buch.

»Ja, die bin ich«, gab ich fröhlich zurück. Mein erster Gedanke, es könnte sich um einen Fan handeln, stellte sich aber schnell als falsch raus.

»Ich bin von einer kleinen Tageszeitung hier aus Austin und wollte Sie fragen, ob Sie mir eventuell nach Ihrer Lesung ein paar Fragen für meine Leser beantworten würden?«

In diesem Moment war alles andere zweitrangig. Diese Frau fragte mich wirklich nach einem Interview. Mir war ganz egal, wie groß oder wichtig diese Zeitung war, ich platzte fast vor Stolz.

»Sehr gerne«, gab ich nur knapp, aber sehr höflich zurück.

»Oh, das freut mich. Darf ich dann nach Ihrer Lesung zu Ihnen kommen.«

Die junge Frau wirkte erleichtert darüber, von mir eine Zusage bekommen zu haben. Sie lächelte mich aufmerksam an, ging dann zufrieden in Richtung meiner Lesung und nahm, mit Notizblock und Stift in der Hand, einen der Seitenplätze ein. Noch hatte ich ein paar Minuten zum Durchatmen und griff noch einmal in meine Tasche, um die Sicherheit zu haben, dass mein Roman inklusive meiner Markierungen zum Lesen noch im selben Fach steckte. Natürlich war alles an seinem Platz, aber etwas beruhigter straffte ich meine Schulter und war startklar. Ich warf einen letzten Blick zu Jake, der mir aufmunternd zunickte. Als ich weiterging, verlor ich ihn aus meinem Blickfeld und war somit das erste Mal auf mich alleine gestellt.

Auch wenn bei mir kein riesiger Menschenauflauf wartete, hörte das leichte Getuschel unter den Anwesenden schlagartig auf, als ich mit meinem Buch nach vorne ging. Erfreut stellte ich fest, dass die Zuhörer auf jeden Fall sehr interessiert waren, was ich zu sagen hatte. Am Anfang stellte ich mich kurz vor und als ich die ersten Zeilen las, fühlte ich mich mit einem Mal wieder unsicher. Als ich aber weiter in meine Geschichte eintauchte und bemerkte, dass immer noch alle gespannt zuhörten, gab mir das einen unerwarteten Schub von Selbstvertrauen, den ich mir nicht einmal hätte träumen lassen. So zog ich meinen geübten Text, so gut es mein Englisch zuließ, bis zum Ende durch.

Nachdem ich den letzten Satz gelesen und das Buch zugeklappt hatte, fühlte ich mich unendlich erleichtert. Ich war so glücklich und befreit, dass ich es endlich hinter mich gebracht hatte, dass ich dieses Gefühl überhaupt nicht mal ansatzweise beschreiben konnte. Ein paar der Zuhörer kamen gleich mit ihren Exemplaren zu mir, um sie sich signieren zu lassen und einen kurzen Small Talk mit mir zu halten. Ich hatte damals mit dem Schreiben angefangen, weil ich schon immer den Kopf voller Ideen hatte und es mein größter Traum war, meine Geschichte einmal in einem eigenen Buch in meinen Händen zu halten. Ein Ziel, wie erfolgreiche Autorin zu werden, na ja oder überhaupt einen Hauptberuf aus meinem Traum zu machen, hatte damals nicht zu meiner Grundidee dazugehört. Ich dachte, wenn man aufmerksam durch die Welt geht und dazu noch ein bisschen Träumerin ist, wie ich, findet sich bestimmt genug Material zum Schreiben. Dass ich jetzt noch außerhalb von Deutschland veröffentlicht hatte und es Menschen gab, die mein Buch gut fanden, war der absolute Wahnsinn.

Ganz geduldig unterschrieb ich eins nach dem anderen ganz ordentlich und versuchte, bei den Widmungen keinerlei Rechtschreibfehler einzubauen. Als ich beim Letzten angekommen war, erkannte ich das Gesicht sofort wieder. Die Reporterin von eben hielt mir auch ein Exemplar entgegen.

Anhand der Eselsohren und den leichten Abnutzungen am Cover, hatte sie mein Buch als Vorbereitung wohl mehr als einmal gelesen.

»Sie haben mein Buch gelesen«, sagte ich fröhlich. Auf meine Frage schenkte sie mir ein kleines, aber sehr schüchternes Lächeln.

»Meine Mutter hat es mir vor einer Woche zum Geburtstag geschenkt. Sie wusste, dass ich heute hier arbeite, und meinte, es wäre wichtig, als Reporterin gut vorbereitet zu sein.«

Sie wirkte wirklich noch sehr unerfahren und irgendwie fand ich es unglaublich süß, dass ihre Mama versuchte, ihr so ein wenig unter die Arme zu greifen.

»Es hat mir wirklich sehr gut gefallen, manche Stellen habe ich sogar mehrfach gelesen, um mir gute Fragen zu notieren«, fügte sie noch hinzu.

»Okay, sollen wir uns einen Kaffee holen, nach einem ruhigen Plätzchen suchen und dann anfangen?«

Ich gab mir Mühe professionell zu wirken und meine Freude nicht ganz so stark zu zeigen.

Bevor wir allerdings in Richtung Café gingen, konnte ich nicht widerstehen, noch einen Blick in Jakes Richtung zu werfen, der mittlerweile auch signierte und für einige Selfies herhalten musste. Allerdings war er bei seiner Fanmenge ohnehin noch etwas beschäftigt. Es standen bestimmt noch dreißig Leute verschiedenen Alters an, wobei im hinteren Drittel ein kleiner Junge mit lautem Geschrei die Aufmerksamkeit auf sich zog, da ihm das Ganze viel zu lange dauerte. Dieser schrille, nervtötende Ton ließ mich einen Schritt schneller gehen. Tja, mit so einem Kinderbuch erreicht man eben eine große Zielgruppe, denn vom Kind bis zur Omi war alles vertreten. Er sah richtig glücklich aus, wie er da so strahlend in der Menge stand. Nora stand etwas abseits und winkte mir zu, da fiel mir die Reporterin wieder ein und ich drehte mich zu ihr um. Sie hatte eine Augenbraue leicht angehoben und wechselte den Blick zwischen Jake und mir. Ich tat so, als wäre nichts gewesen und ging noch zielstrebiger auf die Cafeteria zu. Da jetzt schon mehr los war, deutete ich der jungen Frau an, sie solle schon mal nach einem Tisch Ausschau halten und ich begann mich in der Schlange einzureihen. Als ich mich umsah, winkte sie mir vergnügt zu. Sie hatte einen kleinen Tisch gefunden, wo wir ungestört reden konnten. Zwar war der Geräuschpegel in diesem Bereich schon nicht mehr als angenehm zu beurteilen, aber optimistisch betrachtet, würde es für ein kurzes Gespräch passen. Nach ungefähr zehn Minuten jonglierte ich mit zwei viel zu vollen Tassen Kaffee, zu unserem Tisch. Zuvorkommend nahm sie mir eine der Tasse ab.

»Sie mussten wohl nie Ihr Geld mit Kellnern verdienen?« Erstaunt sah ich sie an. »Ähm, sorry, ich wollte nicht unhöflich sein.«

»Kein Thema.« Ihre offene Art ließ mich kurz schmunzeln, auch wenn ich sah, dass es ihr wohl ein wenig unangenehm war. Sie kramte etwas verlegen in ihrer Tasche und nahm einen hübschen kleinen Block und einen überschaubaren Zettel mit Fragen heraus.

»Ich mache das heute erst zum zweiten Mal«, gestand sie mir.

Bevor sie loslegte, nippte sie noch einmal schnell an ihrem Kaffee. Ich war froh, dass sie mein erstes Interview machte, es war locker und dadurch, dass ihre Nervosität so stark ausgeprägt war, fiel es überhaupt nicht auf, dass ich genauso unerfahren war wie sie. Als sie begann, klang es ein wenig wie auswendig gelernt.

»Ihr Buch hat mir persönlich sehr gefallen, wie kam es dazu, dass es in den USA erschienen ist?«

So ging es ungefähr zehn Minuten weiter.

»Wird es einen zweiten Band geben? Wer ist Ihre Lieblingsperson? …« Zum Schluss wurde es dann noch kurz interessant. »Sie schreiben unter anderem in Ihrem Buch von der wahren Liebe. Glauben Sie selbst, dass es diese gibt?«

Ich musste kurz nachdenken.

»Ja, schon. Wir leben zwar in einer sehr kurzlebigen Zeit, aber mit etwas Glück treffen wir den Richtigen, der es schafft, etwas Magisches in uns auszulösen.«

Oje, hoffentlich war das jetzt nicht zu schnulzig. Ich sollte mir für die Zukunft mal überlegen, was man auf solche Fragen antwortete.

»Etwas Magisches …«, flüsterte ich vor mich hin, während meine Gedanken schon wieder zu Jake flogen und ich mich konzentrieren musste, nicht zu sehr zu grinsen. Ob er das wohl genauso sah? Diese Magie zwischen unseren ersten Berührungen? Ich zwang mich, den Gedanken beiseitezuschieben und wieder zum Gespräch zurückzufinden.

»Entschuldigung, können Sie die Frage noch mal wiederholen?«

»Ja klar, wird es einen zweiten Teil geben oder arbeiten Sie schon an etwas ganz Neuem?«

»Das ist eine sehr gute Frage, die ich leider noch offenhalten muss. Ich sammle im Moment in alle Richtungen

Ideen, kann aber noch nicht ganz genau sagen, wie ich weitermache.«

Sie schien mit meinen Antworten zufrieden zu sein und schrieb sich die letzten Notizen in ihren Block.

»Danke für den Kaffee und dass sie sich Zeit genommen haben.«

»Sehr gerne.« Ich schrieb ihr noch schnell meine E-Mail-Adresse auf.

»Würden Sie mir den Artikel per Mail zuschicken. Ich freue mich schon darauf, ihn zu lesen, und bin wirklich sehr neugierig.«

»Ich werde Ihnen im Laufe der Woche mailen.«

Wir verabschiedeten uns. Ich blieb aber noch ein paar Minuten zum Durchatmen sitzen und trank in Ruhe den letzten Rest meines inzwischen kalt gewordenen Kaffees aus.

Kapitel 18

Mein Handy vibrierte in meiner Tasche. Es war Megan.

»Hi, wie schön, dass du anrufst«, ging ich sofort ran.

»Nicht nur das.« Ihre Stimme klang heute besonders fröhlich. »Ich wollte dich überraschen. Bist du nicht mehr in der Bibliothek?«

»Doch, im Moment sitze ich in der Cafeteria.«

»OK«, unterbrach sie mich. »Bin in zwei Minuten bei dir.« Schon hatte sie aufgelegt.

Mein Blick ließ die Treppe nicht mehr aus den Augen. Wie schön es war, dass sie zu Besuch hier war, ich hatte ihr ja so viel zu erzählen.

Als Megan um die Ecke kam, konnte sie mich nicht gleich entdecken, also beeilte ich mich zu ihr zu kommen und viel ihr sofort um den Hals.

»Es ist so schön, dass du da bist. Was für eine tolle Überraschung, ich freue mich ja so.«

Sie drückte mich genauso fest, wie ich sie.

»Ich hatte dir absichtlich nichts erzählt. Es war Michaels Idee, mich mitzunehmen.«

»Das heißt, er ist auch schon hier?«

Seine Anwesenheit wiederum gab meiner Freude einen kleinen Dämpfer, da mir zwischendurch immer noch das Gespräch, welches er mit mir führen wollte, durch den Kopf ging.

»Er tigert im Moment um Jake herum. Seine Verkaufszahlen schießen durch die Decke. Der Verlag ist total begeistert. Wie läuft es denn bei dir?«

»Ich bin zufrieden, das Lesen hat heute ganz gut geklappt.«

»Dann hast du deine Nervosität im Griff?«

»Na ja, es geht irgendwie. Wird so etwas überhaupt irgendwann besser? Aber Themenwechsel! Ich bin ja so neugierig, wie sich mein Buch verkauft. Hast du schon was gehört? Oder ist es noch zu früh?«

»Das hat mich auch interessiert, aber ich habe vergessen, Michael zu fragen. Sorry. Vielleicht kann er dir ja später Auskunft geben.«

»Das wäre super.«

Ich hakte mich bei ihr unter, wir verließen die Cafeteria und schlenderten über die Buchmesse.

»Hast du den riesigen Stapel mit meinen Büchern gesehen?« Mein breites Grinsen ließ auch sie schmunzeln.

»War ja kaum zu übersehen. Sieht wirklich super aus.« Sie sah rüber zu meinem Platz. »Hey, den gut aussehenden Mann kennen wir doch.«

Ich drehte meinen Kopf in dieselbe Richtung und sah Ben, wie er in einem meiner Bücher blätterte. Oje, ihn hatte ich fast vergessen. Ich stoppte Megan, die sofort auf ihn zugehen wollte.

»Es ist ein bisschen kompliziert«, fing ich vorsichtig an.

»Wir waren gestern Abend zusammen essen.«

»Oh, ein Date?«, fiel sie mir wieder ins Wort.

»Nein, ich meine eigentlich nicht«, begann ich und während ich dies sagte, wurde mir klar, dass wenn man es genau nahm, es eventuell doch ein Date war. »Oder vielleicht doch? Es war auf jeden Fall ein schöner Abend und er hat mich am Schluss geküsst.«

»Also doch ein Date!«, stellte sie fest, »Hast du den Kuss erwidert?«

»Ähm, ja.«

»Wo ist dann das Problem? Er ist doch ein netter Kerl und scheint dich zu mögen und er sieht auch noch toll aus.«

Ich musste einmal tief durchatmen und kurz überlegen, ob und wie ich es sagen sollte.

»Was denn jetzt?« Sie sah mir ungeduldig in die Augen.

»Jake hat gefragt, ob wir später was trinken gehen, und ich würde so unendlich gerne mit ihm ausgehen.« Ich versuchte einen flehenden Blick hinzubekommen, worauf Megan nur kurz den Kopf schüttelte.

»Das heißt, du brauchst meine Unterstützung, bei dem Chaos, das du hier anrichtest! Was willst du jetzt tun?«

»Gute Frage, soweit hatte ich das Ganze noch nicht durchdacht.« Mein Blick wechselte zwischen Ben und Jake hin und her.

Genau in dem Augenblick entdeckte auch Ben uns und kam zielstrebig auf uns zu. Er begrüßte zuerst Megan.

»Schön, dich mal wieder zu sehen«, säuselte er ihr charmant wie immer ins Ohr. Dann wendete er sich mir zu und zog mich an der Hüfte leicht zu sich, um mich auch zu umarmen, nur etwas inniger. Kurz hatte ich schon Angst bekommen, er würde mich hier küssen, aber erleichtert darüber, nur umarmt zu werden, brachte ich lediglich ein kurzes »Hi« heraus.

»Bist du sauer, dass ich es nicht früher geschafft habe? Ich hatte wirklich versucht, rechtzeitig zu kommen.«

»Es ist schön, dass du überhaupt gekommen bist.« Mir war sofort bewusst, dass es nur teilweise ehrlich war und das tat mir leid. Er stand mir genau gegenüber und versuchte mit ernster Miene aus meinem Gesicht zu lesen, was los war, da ich doch deutlich distanzierter als bei unserem letzten Treffen wirkte.

»Signierst du mir dein Buch?«, fragte er.

Ich lächelte ihn nun das erste Mal für heute an.

»Klar, gerne! Darf ich es erst mal behalten und mir überlegen, was ich dir reinschreiben möchte.«

»Das heißt, wir müssten dann einen festen Termin ausmachen, an dem ich mein Buch zurückbekomme?«

Jetzt strahlte er mich an, wobei mir das erste Mal auffiel, dass er außergewöhnlich weiße Zähne hatte. Ob das ein natürliches Weiß war? Bestimmt nicht, aber sein Lächeln wirkte fast wie aus einem Werbespot für Zahnpasta. Sein Versuch, so an ein zweites Date zu kommen, war außerdem sehr geschickt.

Beim Überreichen des Buches streichelte er mir sanft über meinen Handrücken und genau in diesem Moment kamen auch Michael, Nora und Jake zu uns rüber und ich zog meine Hand abrupt zurück. Das wiederum führte zu großer Verwunderung, einmal bei Ben, der etwas verwirrt aussah und auch bei Jake, der erst mich fragend ansah und dann Ben genau musterte.

Nora durchbrach diese doch sehr eigenwillige Situation, indem sie mich begrüßte.

»Ich habe mir den Anfang deiner Lesung angehört, es war sehr interessant. Gib mir unbedingt Bescheid, wenn du einen zweiten Teil rausbringst. Den kaufe ich sofort, da kannst du auf mich zählen.«

Der Gedanke, dass Freunde und Bekannte meine Ideen und Geschichten lasen oder lesen würden, war das Einzige, was mich an diesem Job störte. Natürlich wusste ich, dass ich nicht jeden Geschmack treffen konnte und auch, wenn alles fiktiv war, hatte ich das Gefühl, ein kleines Stück von mir selbst preiszugeben. Aber bestimmt waren alle nur neugierig auf die Geschichte an sich, ohne daraus Parallelen zu mir zu suchen. Ich sollte dringend aufhören, alles zu Tode zu denken und in dieser Hinsicht etwas offener werden.

»Wow. Schön, dass es dir so gut gefallen hat. Das freut mich wirklich sehr. Ich halte dich auf dem Laufenden, wie es weitergeht«, flunkerte ich. Glücklicherweise hatte ich ja noch nicht mal ihre Telefonnummer, um mich zu melden. Zu allem Überfluss wollte ich aus dieser Situation, in der ausgerechnet Jake und Ben zusammen bei mir standen, entfliehen. Mir war nicht klar, wie ich mich am besten zurückziehen konnte, bis mich eine sehr junge Frau erlöste, die mit ihrem Sohn auf Jake zukam. Diese unglaublich nervöse Person fragte nach einem gemeinsamen Foto mit ihrem Kind und der Kleine hielt stolz seine Ausgabe von Jakes Buch in der Hand. Sie wirkte fast schon überdreht vor Aufregung, aber die beiden hatten sofort seine komplette Aufmerksamkeit. Jake schien es sichtlich Spaß zu machen, mit einem Fan Bilder zu knipsen, denn er setzte ein strahlendes Lächeln auf, welches glücklich und echt wirkte. Megan stupste mich von der Seite an.

»Ich gehe mich mal frisch machen.« Sie deutete mir mit sehr auffälligen Rumgefuchtel an, doch mitzukommen.

»Warte, ich begleite dich«, gab ich übertrieben spontan zurück und schloss zügig zu ihr auf.

· · ♡ ♡ ♡ · ·

Kapitel 19

Als wir außer Reichweite der anderen waren, sah Megan mir tief in die Augen.

»Was wirst du jetzt machen?«

»Am liebsten würde ich Richtung Ausgang stürmen und verschwinden.«

»Das wäre ja mal ein Abgang, den ich so schnell nicht vergessen würde. Aber jetzt mal ehrlich! Wäre das die Lösung?«

Ich zuckte mit den Schultern und setzte mich in einen etwas seitlich stehenden großen braunen Ledersessel, der am Rand des normalen Durchgangsverkehrs stand.

»Dann verschwinde ich mal schnell für kleine Mädchen und wir treffen uns hier wieder!«

»Klar, ich nutze die Zeit und sortiere mal meine Gedanken.«

Wenn das so einfach wäre. Ich zog meine Beine an meinen Oberkörper, legte meinen Kopf darauf ab und beobachtete die Menschen, die sich Buchcover durchlasen oder einfach nur herumirrten und die Augen nach einer geeigneten Lektüre offenhielten. Zumindest wirkte es eher wie ein Herumirren, als ein gezieltes Stöbern. Die Atmosphäre hier war für mich unbeschreiblich schön und ich blieb einfach in genau dieser Position sitzen, bis Megan nach einiger Zeit zurückkehrte.

»Und jetzt? Zurück?« Ich löste meine doch eher unbequeme Haltung und sah zu ihr auf.

»Hm? Lass uns einfach in die Höhle des Löwen gehen, ich werde wohl oder übel spontan agieren.« Ich zog eine gequälte Grimasse und ließ mich von ihr hochziehen.

»Dann auf mit uns.«

Auf dem Weg zurück kam uns glücklicherweise schon Ben entgegen, was die Situation mit Jake gleich vereinfachen würde.

»Ihr habt euch aber Zeit gelassen.«, warf er uns sofort vor.

Megan antwortete ihm etwas schneller als ich.

»Wir Frauen brauchen halt immer ein wenig länger, als ihr Herren, dafür stimmt aber das Endergebnis.« Sie zwinkerte ihm frech zu, woraufhin er sich einen weiteren Kommentar sichtlich verkniff. Er richtete seine nächste Frage gezielt an mich.

»Wie sieht es denn heute Abend bei dir aus? Sollen wir noch mal was essen gehen? Ich könnte dir noch andere schöne Ecken von Austin zeigen.«

Beide sahen mich nun sehr erwartungsvoll an und ich konnte diesem Adonis beim besten Willen keinen Korb geben. Leider konnte ich aber auch nicht mit reinem Herzen zusagen, da ich ja unglaublich gerne etwas mit Jake unternehmen würde. Diese beiden Männer, die unterschiedlicher nicht sein konnten, hatten beide etwas an sich, was ihre Gegenwart sehr angenehm machte. Ben war der männlichere Typ, ein bisschen geheimnisvoll, markant-gutaussehend

138

und mit einem sportlich eleganten Style. Der Typ, nach dem sich wohl einige Frauen sehnten, weil er auf den ersten Blick das Klischee eines perfekten Freundes abgab. Jake dagegen wäre beim ersten Eindruck sofort als Typ Kumpel abgestempelt worden. Groß, schlank, unkompliziert, zu jedermann nett und für einen lustigen Abend unter Freunden sicher die perfekte Gesellschaft. Sein Style – unbeschreiblich! Ich glaube, er zieht an, worauf er gerade Lust und Laune hat, egal was andere davon halten. Er ist so liebenswert mit seinen warmen braunen Augen, die immer etwas unglaublich Freundliches ausstrahlen. Der Vergleich der beiden brachte mich kein Stück weiter … Dann also doch weiter nach Bauchgefühl handeln!

»Ähm, es ist leider so, dass ich heute noch ein wichtiges Gespräch mit Michael führen muss und ich noch nicht genau weiß, wann wir uns treffen. Ich kann daher nicht sagen, wann mein Abend endet.«

Ich musste mir diese Notlügen ganz dringend abgewöhnen, so war ich doch sonst nicht! Normal sage ich immer auf eine nette, aber ehrliche Art, was ich denke. Das ist definitiv eine meiner Eigenschaften, die meine Freunde an mir schätzen und ich wiederum an anderen.

»Ich kann dich ja später anrufen, wenn ich fertig bin.«, fügte ich kleinlaut hinzu.

Ben sah erst etwas enttäuscht aus, schwang dann aber um und tat so, als nehme er das Ganze recht locker auf. Seine Arbeit war auch ihm wichtig, daher redete ich mir ein, dass er es verstehen würde.

»Kein Problem, dann melde dich später und wir gucken, ob wir noch ausgehen oder ich dich vielleicht besuche.«

Wie selbstverständlich packte er mich erneut an der Hüfte und zog mich leicht in seine Richtung, um mir einen flüchtigen Kuss auf die Wange zu geben.

»Es war schön, dich wenigstens kurz zu sehen«, hauchte er mir ins Ohr.

»Fand ich auch. Schön, dass du wirklich gekommen bist.«

Er löste seine Hand und wir starrten beide in Megans Richtung, die sich gut unterhalten gab. Die beiden verabschiedeten sich ebenfalls, bevor sich unsere Wege trennten. Allerdings konnte ich mir einen kurzen Blick auf seine Kehrseite nicht verkneifen, da er aus allen Blickwinkeln eine gute Figur abgab. Ein bisschen unschlüssig, ob ich jetzt erleichtert sein sollte oder doch eher etwas wehmütig, stellte ich mich Megans fragenden Blicken. Sie stand sehr streng vor mir und zur Vollendung dieses Anblicks fehlte nur noch der mahnende Zeigefinger.

»Du weißt, was du tust?«

»Nein, überhaupt nicht! Mein Verstand und Bauchgefühl sind sich heute nicht so ganz einig, daher fällt es mir sehr schwer, eine halbwegs anständige Entscheidung zu treffen«, antwortete ich ehrlich.

Ich hob unschuldig meine Schultern und hakte mich bei ihr unter, um zurück zu den anderen zu schlendern. Zurück an unserer Startposition standen wir ziemlich alleingelassen da. Michael war nirgends mehr zu sehen und Jake war mit ein paar Fans beschäftigt und wirkte glücklich beim Plaudern mit einer jungen Frau mit langen braunen Haaren. *Hm.* Die beiden schienen sich wirklich gut zu amüsieren, denn sein Strahlen hätte jedem in einem Radius von bis zu zehn Metern auffallen müssen.

Die Frau zückte nun ihr Smartphone in der Hoffnung auf ein Selfie und Jake nahm sie zu ihrer Freude, wie selbstverständlich in den Arm. Seine Arme umschlangen sie komplett und diese Geste wurde von ihr mit der gleichen Freude erwidert. Ein eigenartiges Gefühl der Eifersucht überkam mich. Selbst erstaunt über diesen Anflug, wusste ich nicht mal mehr, ob ich den Blick weiter auf die beiden gerichtet halten oder doch lieber woanders hinsehen sollte. Ein zarter Stupser von der Seite holte mich zurück in die normale Welt. Mein Blick wechselte kurz zu Megan und dann zurück zu Jake.

»Das scheint dich ja wirklich zu stören?«

Die beiden waren gerade dabei, ihre Umarmung zu lösen. Wie ein Fragezeichen sah ich Megan an.

»Ach, ich weiß auch nicht. Es ist ja nur ein Fan, aber diese herzliche Art, die Jake überall an den Tag legt …« Ich kam ins Stocken. Ganz ruhig und einfühlsam antwortete sie mir.

»Du möchtest diese Art der Aufmerksamkeit wohl nur für dich beanspruchen.«

Wollte ich das wirklich? Die ganzen letzten Tage waren das reinste Gefühlswirrwarr!

»Hi, da seid ihr ja wieder!« Fröhlich wie immer war Jake inzwischen zu uns rübergekommen. Megan versetzte mir erneut einen Seitenstupser und ihr Blick verriet mir, dass ich nett sein sollte.

»Wir haben uns extra beeilt«, gab ich emotionslos zurück, zwang mich dann aber über meinen Schatten zu springen, um ihm nicht wieder so kühl entgegenzutreten. So gut es ging, setzte ich ein nettes Lächeln auf. Diese amerikanische freundliche Art gab es in Deutschland viel zu selten. Wir müssten uns wirklich mehr Mühe geben, so offen und nett auf andere zuzugehen. Kurz sah ich in seinem Blick leichte Verwirrung, da er aber Augenkontakt zu mir hielt, konnte ich nicht lange hart bleiben.

»Ich fühle mich heute ständig wie das fünfte Rad am Wagen.« Megan sah uns beide mit einem vorwurfsvollen Blick an.

»Hey, sorry, das war nicht meine Absicht«, erwiderte ich kurz und zog sie seitlich in meinen Arm.

»Wie sieht denn jetzt der restliche Abend aus und wo ist eigentlich Michael hin verschwunden?«, wollte Jake wissen.

»Michael hat wohl eben noch Kollegen getroffen, wollte aber schon längst zurück sein.«

Megan schien immer bestens informiert zu sein, wo ihr Boss gerade war und was er so machte. Nachdem wir uns alle fragend umschauten und keiner ihn sehen konnte, machte ich einen Vorschlag in unsere kleine Runde.

»Müssen wir denn auf ihn warten? Oder sollen wir uns auf den Weg machen?«

Megan lächelte mir etwas schräg von der Seite zu. Sie ahnte schon länger, dass ich Michael zwar immer mit Respekt entgegentrat, ich ihn aber nicht so richtig mochte. Natürlich war mir bewusst, dass ihre Situation etwas kniffliger war, da er ja beruflich über ihr stand, zwar nicht als ihr oberster Chef, sie ihm aber dennoch direkt unterstellt war. Sie sah mich an, antwortete aber nicht. Jake zog sein Handy aus der Tasche.

»Ich gebe ihm kurz Bescheid, dass wir schon fahren.«

Oh Mann, da hätte ich auch selber draufkommen können. Es ärgerte mich, dass mir die ganz einfachen Lösungen immer viel zu spät einfielen. Er ging ein bisschen abseits, um zu telefonieren, und war kurz darauf mit einem Lächeln auf den Lippen zurück.

»Michael hat eine alte Bekannte getroffen und geht wohl lieber mit ihr etwas trinken.«

Alle Härchen an meinen Armen stellten sich bei dieser Vorstellung auf und ich musste mich kurz schütteln. »Die arme Frau«, ging es mir durch den Kopf.

Megan musste laut lachen.

»Jetzt habe ich den Beweis, dass du ihn nicht magst.«

Auch Jake konnte sich seinen Kommentar nicht verkneifen.

»Was für ein Glück, dass du auf mich nicht so reagierst.«

»Das finde ich auch«, gab ich mit einem Zwinkern zurück.

Meine Härchen beruhigten sich schnell wieder und ich versuchte mein Strahlen wie ein Honigkuchenpferd im Zaun zu halten.

»Sollen wir uns jetzt endlich Austin ansehen?«, fragte Megan.

Ich warf Jake einen etwas längeren Blick zu, da wir ja ursprünglich alleine loswollten und es mir einerseits auch ein wenig leidtat, dass wir nun doch keine Zeit zu zweit haben würden. Andererseits war Megan meine erste und irgendwie auch einzige Freundin hier, sodass ich es nicht übers Herz brachte, ihr einen Korb zu geben. Jake wirkte zwar freundlich wie immer, aber wenn ich ihn genauer ansah, konnte ich in seinem Blick erkennen, dass er wohl lieber alleine mit mir losgezogen wäre. Ohne mich weiter damit zu quälen, ergriff ich die Initiative.

»Dann los. Jake hat sich als Einziger ein wenig über Austin schlau gemacht, also darfst du unser Stadtführer sein.«

Mit einem schelmischen Lächeln, welches ich mir nicht verkneifen konnte, suchte ich nach dem Ausgangsschild und ging langsam voran.

»Ich habe nur ein wenig recherchiert, das macht mich nicht automatisch zu eurem Guide«, versuchte er sich zu wehren, aber Megan konterte sofort.

»Trotzdem bist du uns gegenüber klar im Vorteil. Also auf mit uns und bitte keine weiteren Einsprüche, die von uns sowieso abgeschmettert würden.«

Da die Bibliothek sehr zentral lag, marschierten wir gut Glück drauf los.

»Schade, dass es morgen schon weiter geht«, jammerte ich ein wenig rum.

»Ach hör auf. Ich muss morgen schon am Vormittag zum Flughafen und fliege mit Michael zurück nach New York. Ihr zwei dürft erst noch ins sonnige Los Angeles.«

»Wieso habt ihr überhaupt diesen Abstecher hierher gemacht?«

»Michael wollte wissen, ob alles gut läuft. Er ist ein wenig kontrollsüchtig und hat es gerne, wenn alles rund läuft. Außerdem wollte er Jake von den tollen Verkaufszahlen berichten!«

Jake sah ein bisschen verlegen, aber trotzdem überglücklich aus und begann voller Eifer zu erzählen.

»Das ist der Wahnsinn, alle meine Erwartungen wurden übertroffen! Mein Buch hat es in die Bestsellerliste geschafft und wenn wir in L.A. sind, bin ich bei der Fernsehshow ›Good Morning L.A.‹ als Gast eingeladen.«

»Wow, das freut mich für dich«, erwiderte ich.

Ich musste einfach kurz stoppen und ihn drücken, wobei ich mir dabei wie eine Ameise vorkam, die eine Giraffe umarmen wollte. Mein Kopf reichte ihm nur bis etwas über Brusthöhe. Ganz kurz gab ich dem Verlangen nach, legte für einen Mini-Augenblick meinen Kopf ab und genoss seine Wärme und den gleichmäßigen Rhythmus seines Herzens. Er streichelte mir über meine Haare und ich löste mich, um zu ihm aufzuschauen.

»Hallo ihr beiden, ich bin auch noch da. Ich würde sagen, wir feiern heute diesen tollen Erfolg. Wenn wir allerdings noch weiter unsere Zeit hier vertrödeln, kommen wir nicht weit, ich werde allerdings das Gefühl nicht los, dass euch das auch egal wäre.«

Sie sah uns beide aus einer Mischung von Belustigung und einem Hauch von Neid erwartungsvoll an. Das schien Jake aber nicht weiter zu stören, seine Hand ruhte unbekümmert in Höhe meines Schulterblattes und ich empfand es als sehr angenehm, dass er sie nicht einfach wegzog.

Kapitel 20

Eine gute Stunde später hatten wir, außer einer Einkaufsstraße, auf die wir als Erstes gestoßen waren, nicht wirklich viel von Austin gesehen. Zumindest hatten wir eine kleine Bar gefunden, die, nachdem einige Männer, die sich ein Getränk nach Feierabend gönnen wollten, gut gefüllt war. Wie eine Horde Nashörner auf dem Weg zur Wasserstelle waren sie plötzlich über die kleine Bar hergefallen und standen jetzt Grau in Grau gekleidet in Nähe der Theke. Belustigt wendete ich meinen Blick wieder meinen einzigen Eroberungen unserer Tour zu, die vor mir ausgebreitet auf dem Tisch lagen. Es handelte sich um zwei Postkarten, wovon eine für meine Eltern und die zweite als Erinnerung für meine Pinnwand gedacht war.

»Das mit den Karten gefällt mir, da bist du noch so richtig oldschool. Holst du dir von überall Karten mit?«

Jake linste über die Getränkekarte und beobachtete mich, wie ich mich über meine Karten freute.

»Ich finde es immer noch schöner, Karten zu schreiben und zwischendurch welche zu bekommen, auch wenn das heutzutage schwer abnimmt«, gab ich trocken zurück.

Die Bedienung hatte endlich den Weg zwischen den anderen Tischen zu uns gefunden und knallte, mehr aus

Versehen als mit Absicht, ihr Tablett auf unseren Tisch, um unsere Bestellung aufnehmen. Die junge, etwas zu dünne Frau, sah uns müde, aber erwartungsvoll an. Mein Blick ging zu Megan.

»Sollen wir es noch mal riskieren und einen Cocktail bestellen?«

Sie musste lachen.

»Ich denke wir können das Risiko eingehen, Jake trägt dich bestimmt gerne ins Taxi.«

Die Bedienung warf einen verwirrten Blick auf Jake, der uns musterte.

»Was möchtet ihr denn jetzt trinken, Ladys?«

Ich nickte Megan zu und sie orderte zwei Piña colada mit wenig Alkohol für uns.

»Machen sie drei draus«, ergänzte Jake noch schnell und die Bedienung eilte wieder durch den viel zu voll gestellten Raum davon. Es glich schon fast einem Hindernisparcours, wenn man hier mit einem vollen Tablett zwischen den Tischen hin und her jonglieren musste.

»Die Arme muss hier den ganzen Laden allein schmeißen.«

»Zum Glück hatte ich nie lange als Bedienung arbeiten müssen. Das war immer nur meine Notlösung, wenn ich knapp bei Kasse war.«

Megan sah mich mit einem unterdrückten Lachen an.

»Ich kann mir dich als Servicekraft so gar nicht vorstellen.«

»Wieso nicht?«, gab ich leicht empört zurück, aber sie zuckte nur kurz mit den Schultern und funkelte mich frech an.

»Ich kann es mir ganz gut vorstellen, aber wieso war es eine Notlösung?«, fragte Jake.

»Na ja, wenn man sein erstes Buch schreibt und so in die Geschichte hineintaucht wie ich, bleibt nur noch Zeit zum Jobben, anstatt Vollzeit arbeiten zu gehen. Aber der hauptsächlich unfreundliche Umgang der Gäste und meine schmerzenden Füße am Abend hatten dazu geführt, dass ich mir etwas anderes gesucht habe.«

Bevor ich ihn weiter mit meiner Vergangenheit langweilen konnte, flogen bereits drei Untersetzer auf unseren Tisch und die Bedienung platzierte sehr hektisch unsere Gläser darauf. Mein Cocktail war so voll, dass die himmlische Flüssigkeit seitlich an meinem Glas entlang rann und ich mit meinem Finger den unnötigen Versuch startete, sie aufzuhalten. Die Kälte an meinem Finger fühlte sich in diesem aufgeheizten Raum erfrischend an.

»Du willst wohl jeden Tropfen retten?«

»Hallo, du bist nicht viel besser!«

Megan zog ihren ebenfalls von geretteter Piña colada überzogenen Finger ruckartig zurück und wir lachten kurz.

»Wie lange kennt ihr beiden euch schon? Man könnte meinen, ihr seid schon ewig befreundet«, fragte Jake und sah uns abwechselnd an.

Diesmal war ich diejenige, die zuerst antworten konnte.

»Erst seit New York, aber es ist schön, gleich von Anfang an eine Freundin gefunden zu haben!«

Megan sah mich fröhlich an. »Ich bin auch dankbar, dass unsere Wege sich gekreuzt haben.«

»Ähm, soll ich euch vielleicht allein lassen, damit ihr eure Zweisamkeit genießen könnt?«, fragte Jake amüsiert.

»Hey!« Ich stieß ihn ganz sachte in die Seite. »Nicht frech werden, sonst denke ich ernsthaft darüber nach.«

Im Moment lief alles von ganz allein in die richtige Richtung. Ich freute mich, dass es Leute gab, die zu Freunden geworden waren und mich mochten, wie ich war. Zusätzlich war ich in meinem eigenen Abenteuer angekommen und erlebte täglich Neues. Das war mein Traum, den ich jetzt wirklich Leben durfte. Es fühlte sich so frei, so gut, so innerlich zufriedenstellend an. Ich war stolz diesen Schritt gewagt zu haben und über meinen eigenen Schatten gesprungen zu sein. Ich lehnte mich zurück und spielte an der Obstdekoration, die mit einem Holzspieß üppig an meinem Cocktail angebracht war. Zufrieden zupfte ich die Obststücke nacheinander vom Spieß und zerstörte somit den Anblick dieses perfekten Cocktails.

»Freust du dich so außergewöhnlich über den bunten Mix aus Obst, der an deinem Glas hängt, oder hat dieser glückliche Gesichtsausdruck vielleicht andere Gründe?«

Sein kleiner Finger berührte ganz unbemerkt meine Hand, die ursprünglich noch ein gutes Stück von seiner entfernt gelegen hatte. Ich schenkte ihm ein ehrliches Lächeln, denn diese kleine Berührung löste wie ein Funke ein weiteres Glücksgefühl in mir aus.

»Natürlich freue ich mich über frisches Obst.« Ich legte diesem Satz allerdings einen leichten Unterton bei und fuhr fort. »Aber eigentlich habe ich eben erneut festgestellt, wie unglaublich gut es mir geht, und das hat auch mit euch beiden zu tun.«

Noch während ich das sagte, schob ich meine Hand halb auf seine und konnte mein kleines Dauergrinsen leider nicht abstellen. Allerdings war ich nicht so geschickt wie er und Megan lehnte sich auf ihrem Stuhl aufmerksam zurück und beobachtete die Situation ohne ein Wort, aber fast schon ein wenig zu aufmerksam für meinen Geschmack. Sie behielt diese Pose aber nicht lange bei und begann zum Glück mit einem ganz anderen Thema. Es ging um New York und ob ich, wenn ich zurück wäre, Lust hätte, mir von ihr endlich mal ein bisschen mehr zeigen zu lassen. Die Idee war prima.

»Ich habe mich so sehr auf New York gefreut und jetzt reise ich durch Amerika und meine Traum-Stadt muss hintenanstehen.«

»Na ja, so ewig bist du ja nicht mehr unterwegs«, entgegnete sie mir. »Was ist mit euch, fliegt ihr zwei eigentlich zusammen zurück?«, fuhr sie fort.

»Leider nicht, meine Mutter kommt extra zu meinem Fernsehauftritt nach L.A. gereist und da ich sie leider auch nicht ganz so oft sehe, wollten wir wenigstens ein paar Tage gemeinsam verbringen«, sagte Jake.

Warum auch immer zog ich meine Hand leicht zurück, aber er ließ seine sofort folgen und legte sie sanft auf meine.

»Wenn ich zurück bin, habe ich jede Menge Zeit, dir auch ein paar schöne Ecken und vor allem meine Lieblingsplätze zu zeigen. Oder wir können auch gerne noch mal alle zusammen ausgehen.«

Neugierig sah er mir in die Augen.

»Seit wann wohnst du eigentlich in New York?«, wollte ich nun wissen.

»Ich liebe diese Stadt. Seit ich vor Jahren das erste Mal beruflich dort war, war mir bereits nach ein paar Tagen klar, dass ich diese Stadt zu meiner machen wollte. Jetzt wohne ich bereits seit fünf Jahren dort und bereue meine Entscheidung in keiner Weise.«

Seine Lippen formten sich zu einem zufriedenen Lächeln, nur Megan begann zu lachen.

»Dann hast du dir das Ganze bestimmt besser durchdacht als Emma. Sie hat nach Vertragsabschluss spontan entschieden ganz hierherzuziehen und bisher hat sie noch nicht einmal einen Bruchteil ihrer Liste von Dingen abgearbeitet, die sie unbedingt sehen möchte.«

»Woher weißt du von meiner Liste?«

Sehr erstaunt sah ich zu ihr rüber, denn meine ganz privaten Notizen waren für niemanden zugänglich, zumindest dachte ich das bis jetzt.

»In der Nacht, als es dir nicht so gut ging, lagen zwei Reiseführer und diese Liste auf deinem Wohnzimmertisch und da die Kästchen außer unserem Besuch in der Rooftop-Bar, alle noch offen waren, ist da noch richtig viel zu tun. Deine Liste gleicht übrigens der einer Touristin, weniger einer Neu-New Yorkerin. Da werde ich mit Jake noch viel Arbeit haben, bis wir dir alles gezeigt haben, was du vergessen hast aufzuschreiben.«

Die beiden warfen sich einen verschwörerischen Blick zu und nickten.

»Gleich zwei Insider an der Hand zu haben, gefällt mir. Damit kann ich doch prima leben. Die Chance, dass ich in meinem Apartment vereinsame, hat sich somit auch reduziert. Ihr müsst mir nur Bescheid geben, wenn ich euch lästig werde, weil wenn ihr euch so anbietet, werde ich das auch gerne in Anspruch nehmen.«

Jake sah mich sehr liebevoll an.

»Das kann ich mir beim besten Willen nicht vorstellen, ich wette, du kannst mir überhaupt nicht lästig werden.«

Die beiden waren so unkompliziert, dass es fast wie mit meinen Freunden in Deutschland war. Ein vertrautes und schönes Gefühl der Zugehörigkeit überkam mich.

Kapitel 21

Draußen war es stockdunkel, als wir gegen halb zwölf leicht angetrunken aber bestens gelaunt die Bar verließen. Jake hatte gleich ein Taxi anhalten können und wie abgesprochen nahmen wir Megan bis zu ihrem Hotel mit, welches viel zentraler lag als unsere Ranch. Ihre Unterkunft war eines dieser Luxushotels und ich musste erst einmal schlucken, als wir vor dem Eingang ankamen, an dem tatsächlich ein Portier vor riesigen Glastüren auf seine Gäste wartete.

»Wow, das ist wohl dann die nächste Liga! Sehr beeindruckend!«

»Für Michael muss ich immer nur das Beste buchen und da ich die *Ehre* hatte ihn zu begleiten, steht dieser Luxus auch mir zu. Ich wünsche euch eine gute Nacht und bleibt anständig.«

Mit einem Zwinkern stieg sie aus, eilte zum Eingang, winkte uns noch einmal und teilte mir in Zeichensprache mit, dass wir unbedingt telefonieren müssten. Dann verlor ich sie aus den Augen, als das Taxi weiterfuhr.

»Es war heute ein unbeschreiblich schöner Tag!« Jakes Stimmlage klang auf einmal viel sanfter und ruhiger, als er mich ansprach.

»Fand ich auch! Einfach so in den Tag hineinzuleben, ohne sich Gedanken zu machen, war mal wieder ein tolles Gefühl. Danke dafür!«

»Gerne.«

Mit einem breiten Lächeln und dem Strahlen auf seinem Gesicht, wirkte er sehr ausgeglichen und zufrieden. Ich lehnte meinen Kopf gegen seine Schulter und wir fuhren stumm durch die Nacht. Nur in regelmäßigen Abständen fiel der Schein der Straßenlaternen ins Auto. Es fühlte sich angenehm an, seine Gegenwart so nah zu spüren. Seine Brust hob und senkte sich langsam und ruhig. Es fühlte sich richtig an. Es gab mir ein Gefühl, so angenommen zu werden, wie ich war, und komplett umhüllt von Geborgenheit, genoss ich diesen Moment in vollen Zügen. Was auch immer wir in diesem Augenblick waren, spielte keine Rolle. Nur er war mir wichtig und dass wir zusammen waren, zählte. Nach weiteren zwanzig Minuten kam das Taxi vor der Ranch zum Stehen und nachdem Jake für uns bezahlt hatte, begleitete er mich zu meinem Apartment. Nach den ersten paar Schritten spürte ich, wie seine Hand nach meiner suchte und als er sie gefunden hatten, schmolzen sie zusammen. Wir gingen händchenhaltend weiter. In mir breitete sich eine angenehme Wärme aus, die sich mit einer leichten Nervosität vermischte, weil ich unglaublich aufgeregt war, ob er mich heute Abend zum ersten Mal küssen würde.

»Treffen wir uns morgen zum Frühstück?«

Eigentlich wollte ich nur die Gewissheit haben, dass wir uns morgen sofort wiedersehen würden. Er nickte mir liebevoll zu und hielt mir sein teures Smartphone unter die Nase.

»Wir wollten doch noch unsere Nummern tauschen.« Im Gegenzug begann ich sofort, meine Handtasche in der Hoffnung zu durchwühlen, zwischen meinem Krimskrams schnell fündig zu werden. Glück gehabt, meine Hand hatte etwas Kühles, Glattes ertastet und ich zog es heraus. Leider musste ich feststellen, dass – eigentlich wie fast immer – der Akku leer war. Es wurde höchste Zeit, mir endlich ein Neues zuzulegen.

»Es tut mir leid, der Akku ist nicht mehr der Beste und hat sich schon verabschiedet.«

»Nicht schlimm, ich maile dich später an, dann kannst du meine Nummer dann abspeichern.«

Ich ließ das verräterische Stück wieder in die Tasche gleiten, nahm vorsichtig seins in die Hand und gab meine Nummer ein.

»Das wäre klasse.«

Erleichtert gab ich ihm sein Spielzeug zurück. Neben seinem überteuerten Modell hätte mein veraltetes Handy ohnehin bemitleidenswert ausgesehen. Da es nach sechs Jahren, wenn man die immer kürzer werdende Akkulaufzeit mal ausblendet, noch voll funktionsfähig war, war mir der Gedanke, es auszutauschen bis heute nie wichtig gewesen. Bei solchen Dingen dachte ich immer nur praktisch.

»Dann schlaf gut und wir mailen morgen kurz, wann wir uns zum Frühstück treffen.«

Etwas enttäuscht brachte ich nur ein kurzes »Sehr gerne« heraus und wollte ihn zum Abschied noch wenigstens einmal umarmen. Da er aber genau in selben Moment auf mich zukam, stießen wir etwas unbeholfen gegeneinander, bis ich einen Schritt zurückwich. Er lachte kurz und etwas verlegen auf und startet sofort einen zweiten Versuch. Er drückte mich liebevoll und hauchte mir genau zwischen Nacken und Ohr.

»Danke noch mal für den schönen Tag.«

Durch diesen Hauch stellten sich alle Härchen versammelt auf und ich musste scharf einatmen. Er wich nur minimal von mir zurück, um meine Reaktion besser beobachten und einschätzen zu können. Als er erleichtert festgestellt hatte, dass ich seine Annäherung genoss, kamen seine Lippen immer näher, bis er mich schließlich ganz vorsichtig zu küssen begann. Erst war es nur eine sanfte, warme Berührung, die dann zu einem innigen leidenschaftlichen Kuss überging. Ich schloss meine Augen, um mich nur noch auf seine Berührungen zu konzentrieren, und erwiderte seine Zuneigung mit der gleichen Leidenschaft. In mir tobte eine ganz Horde Schmetterlinge und seine weichen warmen Lippen lösten in mir einen Funken aus, der meinen ganzen Körper durchströmte. Ich weiß nicht wie lange wir so dastanden, aber nach einiger Zeit lösten sich seine Hände ganz langsam aus unserer Umarmung. Obwohl er mich noch immer liebevoll ansah, war ich traurig, dass dieser Moment schon zu Ende sein sollte.

»Dann sehen wir uns morgen zu unserer Weiterreise.«

»Ja, bis morgen.«

Ich gab ihm noch einen flüchtigen Kuss und verschwand durch meine Zimmertür, die leise hinter mir ins Schloss fiel.

Kapitel 22

Lautes Klopfen riss mich aus dem Schlaf und ein Schauer überfiel mich. Mein erster Blick fiel auf meinen Wecker. Zwei Uhr nachts, was konnte um diese Uhrzeit nur so wichtig sein, dass man einen solchen Lärm machen musste. Langsam stand ich auf, angelte mir meinen Cardigan, den ich am Abend zuvor lieblos neben mein Bett geknuddelt hatte, und zog ihn über. Langsam und mit starkem Herzklopfen ging ich ziemlich zerzaust in Richtung Tür und hielt kurz inne.

»Wer ist da?«, fragte ich vorsichtig.

Das Klopfen hörte schlagartig auf.

»Ich bin es, Michael, wir wollten doch heute noch ein paar Dinge bereden und du gehst nicht an dein Handy.«

Eigentlich hatte ich mich darüber gefreut, auch diesmal um das Gespräch herumgekommen zu sein, aber das war wohl zu früh gewesen.

»Können wir uns nicht morgen unterhalten?«

»Nein«, sagte er mit fester Stimme, die einem kaum Möglichkeit gab zu widersprechen. »Ich habe mir extra die Mühe gemacht und bin zu dir rausgefahren. Morgen ist Abreisetag und dann geht wieder alles drunter und drüber. Mir ist es wichtig, dass wir heute noch reden!«

Vorsichtig und mit einem unbehaglichen Gefühl öffnete ich langsam die Tür. Da stand er vor mir, wie immer erstklassig gekleidet und sein dunkles, dichtes Haar perfekt mit Gel zur Seite gestylt. In seiner Hand hielt er eine Flasche Wein.

»Ich habe uns auch etwas zu trinken mitgebracht.«

Sein breites Grinsen wirkte in keinerlei Weise sympathisch auf mich. Natürlich konnte ich ihm schlecht die Tür vor der Nase zuschlagen. Auch wenn dies genau jetzt mein innigster Wunsch war, immerhin hoffte ich auf eine langfristige Zusammenarbeit. Ich wollte ihm gerade mit der Hand andeuten, dass er eintreten könne, als er sich schon an mir vorbeidrängte.

»Ich glaube drüben steht ein Wasserglas, aber zwei Weingläser gibt es hier leider nicht«, gab ich etwas verunsichert zurück.

Er sah sich in meiner Unterkunft um und nahm dann wie selbstverständlich auf einem der beiden Sessel Platz. Dann begann er die Weinflasche zu öffnen.

»Bring bitte das Glas mit, wenn du rüberkommst.«

Ich stand wie gefesselt im Türrahmen und fühlte mich nicht nur überrumpelt, sondern auch unglaublich müde. Er sprang erneut auf.

»Ich hole das Glas schon selbst. Wo steht es denn?«

»Im Schlafzimmer«, gab ich zögernd zurück.

Schneller als ich Einspruch erheben konnte, kam er auch schon aus meinem Schlafzimmer und hielt das Glas triumphierend in der Hand, ging zum Tisch und goss den Rotwein ein.

»Du magst doch Wein?«

Langsam ging ich in Richtung der beiden Sessel, zog die darauf gefaltete Decke beiseite und kuschelte mich mit dieser, in eine halbwegs interessiert wirkende Position ein.

»Normalerweise schon, aber es ist sehr spät und ich bin wirklich müde. Worum geht es denn? Es muss ja wahnsinnig wichtig sein, wenn das Treffen sich nicht mehr aufschieben lässt.«

Er lehnte sich zurück, trank einen großen Schluck und sah mir fest in die Augen.

»Na ja, wenn ich ganz ehrlich bin, ist es vielleicht nicht ganz so wichtig. Ich wollte einfach persönlich mit dir über die Verkaufszahlen reden und auch mal hören, wie du dich in dein neues Leben fern deiner Heimat eingelebt hast.« Das Funkeln in seinen Augen verunsicherte mich erneut.

»Na ja, eingelebt kann man wohl schlecht sagen. Ich war ja jetzt noch nicht so lange in New York, da hatten die Lesetermine schon angefangen. Ich denke, es läuft alles ganz gut.«

»Denkst du? Das ist ja eine sehr schwammige Aussage. Aber kommen wir zum Beruflichen. Nach L.A. bist du für den Moment mit deinen Leseterminen fertig. Es gibt noch zwei Buchmessen, an denen wir dein Buch gerne im Ganzen vorstellen würden, aber bis dahin bleibt dir noch genug Zeit, um an neuen Projekten zu arbeiten. Wenn du wieder in New York bist, wird Megan dir die Termine zum Vormerken durchgeben. Dein Buch verkauft sich soweit ganz gut. Es wird wohl kein Bestseller, aber wir sind angesichts der Tatsache, dass es sich um deine erste Veröffentlichung handelt ganz zufrieden damit. Genaue Zahlen und deinen ersten Scheck habe ich dabei.«

Er kramte kurz in seiner Aktenmappe und zog einen Umschlag heraus, den er mir übergab. Dabei berührte er meine Hand auf sehr direkte Art und trank noch einen großzügigen Schluck seines Weines.

»Möchtest du auch mal kosten?« Er hielt mir das Glas entgegen, ich nahm es zwar, gönnte mir aber nur einen vorsichtigen, kleinen Schluck. Nachdem er das Glas wieder an sich genommen und es abgestellt hatte, legte er seine Hand wie selbstverständlich auf meinen Oberschenkel. Mein Herz machte vor Schreck einen kleinen Aussetzer und reflexartig schob ich seine Hand mit Nachdruck von mir weg. In mir tobte es, dass Einzige, was mich davon abhielt, diesen Mann rauszuschmeißen, war ein Funken Angst, der gegen meine Wut doch die Oberhand gewann.

»Was sollte das denn jetzt?« Ruhig, aber in einem bestimmten Ton, versuchte ich auf seine Aktion zu reagieren. Leider hörte sich meine Stimme jedoch zittrig an, was mich nicht so selbstbewusst auftreten ließ, wie ich es mir erhofft hatte.

»Du könntest ruhig ein wenig netter zu mir sein. Immerhin bin ich derjenige, der sich in Zukunft auch weiterhin für dein Buch einsetzen wird. Du möchtest doch deine Verkaufszahlen steigern?«

Mir stockte der Atem, als ich sein überlegenes Grinsen sah, und rutschte in meinem Sessel, der mir auf einmal viel zu klein erschien, unbehaglich hin und her.

»Aber nicht so! Du bist mein Agent und von daher musst du dich sowieso um die Vermarktung kümmern.«

Er ließ mich einen Moment zappeln, bevor er antwortete.

»Das ist schon klar, aber ich könnte mich auch mehr, als es nur meine normale Arbeit einschließt, um dich kümmern.«

Mir wurde fast schlecht bei dem Gedanken. Zumindest behielt er im Moment seine Finger bei sich. Ob er diese Show auch bei meinen Kolleginnen abzog? Ich riss mich zusammen und versuchte erneut, ganz bestimmt aufzutreten.

»Ich denke, es wäre besser, wenn du jetzt gehst.«

»Du solltest wenigstens darüber nachdenken, ansonsten wird sich mein Engagement dir gegenüber auf den Nullpunkt reduzieren und dann werden du und dein Buch in Vergessenheit geraten.«

Er stand auf und ging zur Tür. Ich folgte ihm mit einem kleinen Sicherheitsabstand. Im Türrahmen drehte er sich noch einmal zu mir um und packte mich mit einem festen Griff am Oberarm. Ich zuckte zusammen und konnte ein leichtes Stöhnen nicht unterdrücken, da er wirklich fest zupackte.

»Schlaf eine Nacht drüber. Bis morgen früh bin ich noch in Austin.« Mit seiner noch freien Hand hob er mein Kinn hoch, sodass ich ihm in die Augen sehen musste. Auch dieser Griff war fester als erwartet, sodass mir zwei Tränen die Wangen hinunterliefen, die ich nicht unterdrücken konnte.

»Du hast ja meine Handynummer und kannst jederzeit anrufen. Dann schicke ich dir ein Taxi zu meinem Hotel. Und mach dich schön für mich, ich kann diesen legeren Look nicht ausstehen.«

Er löste seinen Griff und ließ mich wie eine Idiotin stehen. So schnell ich konnte, ließ ich die Tür mit einem lauten

Knall ins Schloss fallen und überprüfte sofort, ob alles in diesem Apartment fest verriegelt war. Nachdem alles gesichert war, ging ich zurück zu meinem Bett und setzte mich auf die Kante. Mir war kalt und die Tränen liefen jetzt unkontrolliert über meine Wangen. Sollte ich mich jetzt schlafenlegen? Mit wem konnte ich darüber reden. Ich nahm mein Handy in die Hand und überlegte verzweifelt, wen ich anrufen könnte.

Am liebsten hätte ich mich bei Jake oder Megan gemeldet, aber ich wollte die beiden nicht wecken, ganz abgesehen davon das ich bestimmt aussah wie ein Zombie. So wollte ich Jake nicht gegenübertreten. Fabi fiel mir ein. Aber wie viel Uhr war es jetzt in L.A.? Ich wollte sie nachts nicht aus dem Bett klingeln und vielleicht die Kleine noch zusätzlich wecken. Immerhin hatte Fabi vor ein paar Wochen noch erzählt, dass ihre Tochter im Moment Angst vor Gespenstern hatte und deshalb nachts immer zu ihr ins Bett gekrochen kam. Ich zog die Bettdecke beiseite und rollte mich, so gemütlich es ging, ein. Mein Arm schmerzte leicht, vor Müdigkeit war mir kalt und ich konnte keinen klaren Gedanken finden. Ich griff zu meinem Handy und schrieb Fabi eine kurze Nachricht.

Hi, ich freue mich so sehr, euch morgen endlich wiederzusehen. Bei mir passiert im Moment so viel, ich brauche dringend jemanden zum Reden. Hab euch lieb.

Ich schob das Smartphone auf den Nachtisch und versuchte, wenigstens noch ein wenig Schlaf zu bekommen, um den morgigen Tag zu überstehen. Das Chaos in meinem

Kopf ließ mich aber nicht zur Ruhe kommen. Bei jedem Gedanken brach ich in Tränen aus. Was sollte ich nur machen, wenn ich Michael wieder treffen würde? Wem sollte ich überhaupt davon erzählen? Vor lauter Weinen pochte mein Kopf und es dauerte ewig, bis ich endlich einschlief.

Kapitel 23

Mein Smartphone vibrierte und riss mich aus einem unruhigen Schlaf. Noch nicht wirklich wach, schob ich es unters Kopfkissen. Nach so einer Nacht brauchte ich einfach ein paar Minuten länger, um hoffentlich einen klaren Gedanken fassen zu können und den Tag halbwegs normal zu überstehen. Ein Kaffee wäre wirklich absolut hilfreich, aber erst mal brauchte ich eine heiße Dusche, bevor ich mich in den Frühstücksbereich begeben würde. Nachdem ich einen Blick in den Badezimmerspiegel geworfen hatte, erschrak ich. Auch wenn ich mich gestern Abend vorm zu Bett gehen gut abgeschminkt hatte, sah ich nach der halb durchheulten Nacht wirklich furchterregend aus. Da musste ich mich wohl ordentlich mit Make-up verschönern, damit Jake keinen Schock bekommen würde. Ich warf meinen Schlafanzug durch die Badezimmertür und ein zufälliger Blick in den Spiegel ließ mich stoppen. Die Druckstelle, die durch Michaels miese Aktion entstanden war, schmerzte zwar nur leicht, sein Griff hatte aber einen großen roten Abdruck hinterlassen. Vorsicht strich ich mit meiner Hand darüber und zuckte sofort zusammen. Das war wohl keine gute Idee. Hatte ich eigentlich etwas in meinen Koffer gepackt, das längere Ärmel als ein T-Shirt hatte? Ich atmete tief durch. Dann musste ich, obwohl es viel zu warm war, eine Sweatjacke überziehen und mir später am Flughafen ein oder zwei Langarmshirts zulegen. *So ein Idiot! Hätte er mich nicht einfach in Ruhe lassen können?* Was war gestern nur in ihn gefahren. Ich hüpfte unter die Dusche, konnte aber selbst dort nicht richtig abschalten. Ich gab mir, im Vergleich zu meinem schnellen Tagesmakeup, richtig Mühe beim Schminken. Das Ergebnis war ganz gut gelungen, bis auf die leicht geröteten Augen, die sich nicht verbergen ließen. Schnell schlüpfte ich in meine Klamotten und zog meine Jacke an.

Zufrieden darüber, dass mir nun keiner ansehen würde, wie schrecklich meine Nacht gewesen war, schnappte ich mir mein Handy und scrollte alle Nachrichten durch, die ich seit gestern bekommen hatte. Meine Mama, Fabienne und Ben würde ich später antworten. Ben hatte eine kurze Nachricht geschickt. Er fand es schade, dass es gestern mit unserem Treffen nicht mehr hingehauen hatte.

Melde dich später mal, wenn du etwas Luft hast.

Zum Schluss hatte er noch ein weinendes Smiley hinzugefügt. Kurz tat es mir wirklich leid, dass ich ganz vergessen hatte, mich zu melden. Ich nahm mir ganz fest vor, ihn gegen Abend anzurufen. Es wäre einfach nur unfair, wenn ich ihn weiter zappeln lassen würde, auch wenn er mir nicht wie ein Kind von Traurigkeit vorkam.

Die nächste Nachricht ließ mein Herz vor Schreck eine Millisekunde aussetzen. Michael hatte es tatsächlich gewagt, mir nach der letzten Nacht auch noch zu schreiben.

Ich bin doch sehr enttäuscht, dass du nicht mehr vorbeigekommen bist. Nun habe ich mir überlegt, dass Megan unseren Flug umbucht und wir euch dafür noch mit nach L.A. begleiten. Ich melde mich wieder, wenn alles umgebucht ist.

Das konnte doch jetzt wirklich nicht wahr sein. Ich musste ganz dringend mit jemandem reden. Ich hatte so überhaupt keine Ahnung, wie ich darauf und auch generell auf zukünftige Situationen, in denen wir aufeinandertreffen würden, reagieren sollte. Damit meine Gedanken wieder etwas fröhlicher wurden, öffnete ich schnell die beiden Nachrichten, die von Jake waren. Die erste war wirklich süß.

Hey. Ich hoffe, du hast gut geschlafen. Freue mich, dich gleich wieder zu sehen.

Wie süß, ich konnte es auch kaum erwarten ihn gleich beim Frühstück wiederzusehen. Die zweite Nachricht hatte er etwa eine dreiviertel Stunde später abgeschickt. Beim Durchlesen seines Textes wuchs meine Enttäuschung, je weiter ich las.

Hi, ich noch mal. Es tut mir leid, aber mir sind noch ein paar wichtige Erledigungen dazwischengekommen und ich schaffe es leider nicht zu unserem Frühstück. Wir sehen uns spätestens am Flughafen oder in L.A.!

Wie konnte es eigentlich passieren, dass in so kurzen Zeitabständen mein Leben, von alles ist so entspannt und perfekt, ins komplette Gegenteil umschlug. Ich fühlte mich einfach nur leer und ausgelaugt, vor allem aber unheimlich enttäuscht und wegen der Sache mit Michael total verunsichert. Diese Achterbahnfahrt der Gefühle machte mich wirklich fertig.

Lieblos begann ich meine Sachen in den Koffer zu packen. Der Appetit war mir deutlich vergangen. Als ich alles beisammenhatte, sah ich den einsamen Umschlag von gestern Abend noch auf dem Tisch liegen.

Ich ließ mich in den doch sehr harten Sessel sinken und zog den Umschlag auf meine Oberschenkel. Er war wie erwartet zugeklebt und trotz meiner Neugier, die schon recht hoch war, ließ ich ihn erst mal verschlossen. Nach den neusten Ereignissen würden mich schlechte Verkaufszahlen nur weiter runterziehen. Ich hatte so große Hoffnungen in mein Abenteuer USA gesteckt, dass ich eine weitere Enttäuschung nicht verkraften würde. Abgesehen davon wäre eine kleine Aufstockung meiner Finanzen nicht das schlechteste.

Zwar hatte ich einen großzügigen Teil meiner Ersparnisse auf mein amerikanisches Konto gebucht und auch mein Verlag in Deutschland müsste in Zukunft die Verkaufsprovision auf das neue Konto überweisen, wenn aber zusätzlich kleinere Beträge von meinem Verkauf hier dazukämen, wäre das perfekt.

Zusätzlich gäbe es mir die Sicherheit, dass ich mir dieses Abenteuer auch leisten könnte. Am meisten jedoch interessierte mich, ob das Buch überhaupt bei den Amerikanern ankam. In Deutschland hatte ich mir bereits einen Namen gemacht, aber hier kannte mich niemand. Ich schob den Umschlag in mein Notizbuch und würde ihn erst öffnen, wenn der richtige Zeitpunkt gekommen wäre. Auf keinen Fall wollte ich nach kurzer Zeit meinen Traum aufgeben müssen und zurück nach Deutschland gehen!

Kapitel 24

Der Flug nach L.A. war absolut unspektakulär. Die Stewardess war eifrig damit beschäftigt, alle zu versorgen, und rollte mit ihrem kleinen Getränkewagen fast jedem dritten Passagier über die Füße. Der Verlag hatte uns diesmal einen sehr günstigen Flug gebucht und so saßen wir, wie die Sardinen in der Konserve, viel zu eng in der Businessclass und freuten uns schon auf die Landung, um endlich wieder mehr Beinfreiheit zu erlangen.

Jake verhielt sich weiterhin eigenartig, sogar distanziert mir gegenüber, und auch Judy war während des gesamten Fluges nicht rübergekommen, um wenigstens ein paar Worte mit mir zu wechseln. Wir saßen zwar alle recht nah beieinander, trotzdem war es eine sehr angespannte Stimmung, in der wohl alle versuchten, die Flugzeit von fast dreieinhalb Stunden totzuschlagen. Zu gerne hätte ich wenigstens ein paar Worte mit Judy gewechselt, aber das war im Moment nicht möglich. Somit blätterte ich gelangweilt in einer der Bordbroschüren.

Nach der Gepäckausgabe war meine Laune auf dem Nullpunkt angekommen. Ich entschloss mich, trotz der unnötigen Kosten, statt mit dem geplanten Autoren-Transfer mit den beiden lieber etwas am Flughafen in den Shops zu stöbern und mir dann ein Taxi zu nehmen. Judy ertappte mich beim Zeitschinden und kam auf mich zu.

»Hey, unser Transfer wird nicht ewig warten.«

Jake, der meinem Blick konsequent auswich, ging schon ein Stück weiter.

Meine Reaktion fiel motziger aus als beabsichtigt.

»Fahrt ohne mich, ich möchte lieber noch ein wenig shoppen!«

Genauso patzig bekam ich Judys Antwort zurück.

»Mach doch, was du willst.«

Sie drehte sich um und war schneller verschwunden, als sich die Situation noch retten ließ. Es tat mir schon weh, wie beide davon gingen, ohne mir noch einen letzten Blick zu widmen. Das war ich aber jetzt wohl selbst schuld. Sein ernstes Gesicht und diese ungewohnte kühle Art mir gegenüber verletzte mich mehr, als ich dachte. So trottete ich von einem Geschäft zum nächsten, ohne mich auf etwas konzentrieren zu können. In einem der überteuerten Läden ergatterte ich ein einfaches Shirt mit dreiviertel Arm und eine dünne Strickjacke, die bestimmt angenehmer zu tragen wäre als meine jetzige dicke Sweatjacke. Da ich wohl die nächsten Tage recht einsam in L.A. sein würde, sprang ich noch schnell in einen Schreibwarenladen und erstand einen der Städtereiseführer und stilles Wasser, um mich dann auf die Suche nach Schildern in Richtung Ausgang zu machen.

Es war genug Zeit vergangen und zu meiner Erleichterung konnte ich keinen der beiden im Ausgangsbereich wahrnehmen. Als ich den Flughafenbereich verließ, um den Taxistand zu suchen, erschlug mich die heiße Luft wie eine

Wand, gegen die ich lief. Das Klima hier war wirklich richtig sommerlich. Ich zog mein Handy aus der Tasche und schaltete es ein. Nur eine Nachricht von Megan.

> Alles gut bei dir? Habe jetzt schon länger nichts von dir gehört.

Da sie die Einzige war, die noch normal mit mir sprach, antwortete ich sofort.

> Irgendwie ist alles gerade unnötig kompliziert. Fahre jetzt gleich ins Hotel. Bin so froh, wenn ich zurück in New York bin und wir mal wieder einen schönen Abend zu zweit verbringen können. Brauche dringend einen Frauenabend! Kommst du eigentlich auch mit Michael nach L.A.? Er hat da so etwas angedeutet. Melde mich später noch mal. Bye

Zum Glück war in der Warteschlange nur noch eine Person vor mir. Schon jetzt, von der kurzen Zeit in der Hitze, begannen meine Klamotten an meinem Körper zu kleben. Als ein weiteres Taxi hielt, stieg ein etwas korpulenter Inder aus, der gleich auf mich zueilte, mich fröhlich begrüßte und mir vor lauter Übereifer meine Koffer entriss, um diese im Kofferraum zu verstauen. Er hielt mir die Tür auf und fragte mich etwas in einem kaum verständlichen Englisch. Als er mein fragendes Gesicht sah, sprach er sofort viel langsamer und gab sich sichtlich Mühe, sehr deutlich zu sprechen.

»Sie sind nicht von hier?«

Ich gab mir Mühe, ihm genauso höflich entgegenzutreten, wie er mir.

171

»Nein, ich bin erst seit Kurzem in Amerika.«

»Wohin darf ich Sie fahren?«

Ich öffnete meine Hand, um aus der leicht verschwommenen Schrift noch den Hotelnamen ablesen zu können. Als ich ihm den Namen des Hotels nannte, sah ich ein zufriedenes Lächeln auf seinem Gesicht und bekam ein wenig Panik, dass mein Geld nicht reichen könnte und der Weg länger wäre als gehofft. Ich ärgerte mich über mich selbst. Vielleicht hätte ich die Strecke einmal überprüfen sollen, bevor ich so voreilig ein Taxi nahm. Dabei fiel mir erneut der Umschlag in meiner Tasche ein. Mir war durchaus bewusst, dass mein Werk nicht alle Geschmäcker treffen konnte, aber meine Hoffnung war groß, dass sich wenigstens ein paar Leute mein Buch gekauft hatten. Immerhin wollte ich mit dem Schreiben meinen Lebensunterhalt bestreiten. Wie automatisch ging meine Hand in meiner Tasche auf die Suche nach dem Umschlag mit den Verkaufszahlen und natürlich war er noch an der Stelle, wo ich ihn aufhob. Alles gut. Erleichtert atmete ich einmal durch.

Mein Handy zeigte mir an, dass Megan geantwortet hatte.

Ja, wir fliegen auch gleich nach L.A. – heute Abend ist kurzfristig ein Geschäftsessen geplant worden. Sehen uns dann. Bis später

Oh nein! Heute Abend? Wie sollte ich nur dastehen? Michael wollte ich am liebsten überhaupt nie mehr sehen und Jake und Judy redeten nicht mit mir. Ich wendete den Blick aus dem Fenster, um mich abzulenken. Die Klimaanlage blies angenehm kühle Luft in den hinteren Bereich und eine Haarsträhne, die mir ins Gesicht gefallen war, wehte nun vor meiner Stirn her. Ich schob sie zurück hinters Ohr und begann, sommerlich gekleidete Touristen zu beobachten. Ein kleiner Funke von Urlaubsstimmung kam bei mir auf und wehte meine anderen Gedanken kurzzeitig weg.

»Wir sind gleich da«, flötete der Fahrer fröhlich.

Die Fahrt war doch nicht so lange wie erwartet und das Taxi hielt in diesem Moment vor einem großen Gebäude, welches sehr zentral gelegen war. Als ich die Worte des Fahrers hörte, ging mein Blick wie automatisch zum Taxameter. Glück gehabt! Auf der Anzeige stand etwas knapp über siebenunddreißig Dollar, das passte. Ich durchwühlte meine Tasche und meine Hand versuchte, in dem Chaos darin meine Geldbörse zu finden. Da war sie. Ich nahm fünfzig Dollar heraus und gab sie dem mich erwartungsvoll anschauenden Fahrer, der mir wieder ein freundliches Lächeln schenkte.

»Stimmt so, danke schön.«

Zufrieden nahm er das Geld, verstaute es und schwang auch schon die Tür auf, um mir noch mit meinem Gepäck zu helfen.

Kapitel 25

Mein Hotelzimmer hatte ich erfolgreich bezogen und entgegen meinem Entschluss, bis zum Abend rein gar nichts zu tun, konnte ich den Sonnenstrahlen nicht widerstehen. Das Pool-Schild aus der Lobby ging mir nicht mehr aus dem Kopf und so ging ich, mit ausreichend Lektüre, Sonnencreme und meinem Käppi bewaffnet, in Richtung Urlaubsfeeling. Alle Liegen waren bereits belegt, wie ich es mir schon gedacht hatte. Mein Wunsch von einem ruhigen Platz im Schatten zerplatzte wie eine Seifenblase. Da stand ich nun ziemlich verloren und musste aufpassen, dass die herumtobenden Kids, die gerade fangen spielten, mich nicht aus Versehen ins Wasser schubsten. Ein paar Wassertropfen hatte ich bereits abbekommen, aber das war wohl die einzige erfrischende Abkühlung für heute.

Ich wollte gerade den Rückweg antreten, als ich Judy in einem minimalistischen Bikini an der Bar entdeckte. Außer mit ihrem Cocktail war sie zusätzlich sehr auffällig damit beschäftigt, so zu tun, als hätte sie mich nicht gesehen. So ein Kindergartenkram. Ich hatte echt die Nase voll von diesem ganzen Theater und ging auf direktem Weg zu ihr rüber.

»Hi, hast du ein paar Minuten?«

Sie drehte sich zu mir um und sah mich erstaunt an.

»Was willst du?«

Diesen patzigen Ton hatte ich wohl nach meiner Art am Flughafen mehr als verdient.

»Was ist eigentlich los mit euch? Die letzten Tage war noch alles gut und seit heute Morgen …«

Sie unterbrach mich.

»Du hast echt Mist gebaut. Ich dachte, du wärst in Ordnung, aber du hast Jakes Gefühle ganz schön verletzt.

Was sollte das mit Michael? Das ist ein absolutes No-Go!«

Für einen kurzen Moment hätte es mir fast die Sprache verschlagen. Mein Herz pochte wie verrückt und ich wusste nicht, wo ich anfangen sollte.

»Es ist alles nicht in fünf Minuten zu erklären, aber wenn du ein bisschen Zeit hast, würde ich es gerne versuchen.«

Sie sah mich jetzt schon etwas sanfter an.

»Jetzt ist es gerade schlecht, ich wollte nur noch einen Drink nehmen und mich dann schnell fürs Abendessen fertig machen.«

»Dann vielleicht morgen früh, nach dem Frühstück? Ich weiß wirklich nicht, wieso ich jemanden verletzt haben soll. Aber das hört sich alles nach einem Missverständnis an.«

»OK, ganz ehrlich würde ich dir am liebsten sofort zuhören, aber jetzt gerade fehlt mir einfach die Zeit. Morgen früh hört sich für mich gut an, aber vielleicht solltest du auch mal überlegen, ob du Jake, falls er sich deine Stellungnahme anhören möchte, alles erzählst. Er ist zutiefst enttäuscht von dir. Ein wirklich lieber Kerl wie er hat Besseres verdient.«

Besseres verdient? Na danke, dachte ich mir. Wovon redetet sie da gerade eigentlich? Im Moment schienen echt alle zu spinnen!

»Wieso enttäuscht? Ich will ja auch mit ihm reden, weiß aber leider auch nicht, wie ich ein Gespräch mit ihm anfangen soll. Er weicht mir seit heute ständig aus.«

»Versuch es einfach.« Sie warf einen Blick auf ihre Uhr und trank dann hastig den letzten Schluck aus. »Ich muss los. Wir sehen uns später.«

Sie stellte ihr Glas ab und drehte sich von mir weg. Ich hatte ein unglaublich schlechtes Gefühl, was das Essen heute Abend anging. Am liebsten wäre ich mit einer Tüte Chips im Bett geblieben und hätte mich vom Fernsehprogramm berieseln lassen. Aber dadurch würde die ganze Situation auch nicht besser. Auf dem Weg zu meinem Zimmer liefen mir ein paar Tränen über die Wangen, die ich sofort wegwischte, was zu allem Überfluss dazu führte, dass ich jetzt auch noch Sonnencreme in die Augen bekam und dadurch noch mehr Tränen liefen. So ein Mist. Jetzt würde ich gleich beim Essen auch noch verheult aussehen. So schnell wie möglich musste ich mir im Hotelzimmer die Tränen-Sonnencreme-Kombination unter der Dusche abzuwaschen.

Ich gab mir besonders viel Mühe, auf dem Weg ins Zimmer niemanden zu treffen, und starrte mehr oder weniger die meiste Zeit auf den Boden. Dabei huschte ich so schnell wie möglich an allen an mir Entgegenkommenden vorbei. Mir liefen immer noch Tränen über die Wangen und daran war nicht nur die Creme schuld. Ich war wütend, weil ich es geschafft hatte, es mir mit den netten Menschen, die ich kennengelernt hatte, in kürzester Zeit zu verscherzen. Das ärgerte mich unglaublich. Ja, alles war sehr aufregend und wirbelte meine Gefühle seit meiner Ankunft in New York komplett durcheinander. Aber das war keine Entschuldigung. Ich musste versuchen, das Ganze irgendwie wieder geradezubiegen, und herausfinden, was eigentlich das Problem war.

Endlich war ich unbemerkt am Aufzug angekommen, die Tür öffnete sich und ich war froh die Einzige zu sein, die gerade auf ihr Zimmer wollte. Ich drückte den Knopf für die zweite Etage und der Fahrstuhl begann sich zu schließen, als jemand die Tür stoppte und schnell hineinkam. Für einen kurzen Moment hätte ich fast vergessen, zu atmen, als ich erkannte, um wen es sich handelte. Es war Jake. Unsere Blicke trafen sich einen kurzen Moment. Er war gerade dabei, seinen Blick abzuwenden, als er wohl bemerkte, dass ich ganz verheult aussah und sein Blick zurück zu meinem Gesicht glitt.

»Alles okay bei dir?« Das war das erste Mal, seit unserem schönen Abend, dass er überhaupt wieder mit mir sprach.

»Yep.«

Ich wendete den Blick auf den Boden, dass hier war definitiv mehr als peinlich. Ich wollte nicht, dass er mich so sah. Seine Hand wollte meine berühren und kam schon immer näher, doch ganz abrupt zog er sie zurück. Ich zuckte erneut zusammen, aber in diesem Moment hielt zum Glück der Aufzug in meinem Stockwerk und ich hob meinen Kopf nur so weit, dass ich nicht noch gegen den Rahmen der Aufzugtür rennen würde. Ich ging an Jake vorbei, ohne ihn anzuschauen.

»Bis später«, murmelte ich leise vor mich hin.

»Bis gleich.« Seine jetzt etwas verunsichert klingende Stimme drang leise zu mir rüber. Da ich mich nicht erneut umdrehen mochte, hörte ich nur noch, wie sich die Tür hinter mir schloss. Diesmal liefen unendlich viele Tränen. Ich wollte sie auch nicht mehr zurückhalten, ich war einfach nur traurig und froh, als ich endlich mein Zimmer erreichte und allein war.

Kapitel 26

Ungefähr gegen acht war ich soweit fertiggemacht für den Abend und hatte mich glücklicherweise wieder beruhigt.

Dass es mir etwas besser ging, lag daran, dass ich mich endlich durchgerungen hatte, mit Fabi zu reden. Ich hatte ihr alles erzählt und sie hatte sich in Ruhe alles angehört, ohne mich zu unterbrechen. Dass ich in zwei Tagen zwei Männer geküsst hatte, erstaunte sie total.

»Mensch Emma, was machst du denn für Sachen? Das musst du wieder in Ordnung bringen. Erst bist eine gefühlte Ewigkeit Single und dann baust du so einen Mist!«

Berechtigterweise musste ich das über mich ergehen lassen. Als ich Fabi dann vom gestrigen Abend in meinem Apartment erzählt hatte, war Totenstille auf ihrer Seite. Als ich ganz fertig war, platzte es aus ihr heraus.

»Willst du diesen Dreckskerl wirklich heute Abend beim Essen treffen?«

»Was soll ich denn tun, er ist mein Agent.«

»Na ja, wie wäre es, wenn du einfach nicht hingehst? Du bist zwar heute in einer Gruppe unterwegs, aber dieser Typ scheint mir doch unberechenbar.« Langsam wurde ihr Tonfall immer wütender.

»Das ist mir schon klar, aber soll ich mich deshalb verstecken?«

»Du musst mir versprechen, dass du mich anrufst, wenn was ist. Dann kommen wir sofort. Und, wenn du dich nicht wohlfühlst, sag bitte, du hättest Kopfschmerzen und lass dich anstatt ins Hotel zu uns fahren. Unsere Couch steht für dich bereit.«

»Ich schaue mal, wie es läuft, und melde mich dann bei dir.«

»Hast du morgen früh Lust auf ein Frühstück? Dann könnten wir alles bereden. Ich denke, wir brauchen ganz dringend einen guten Plan für dich.«

»Gerne, ich brauche auch unbedingt jemanden, der mich mal in den Arm nimmt.«

»Dann pass auf dich auf!«

»Mache ich«, gab ich zurück. Es tat so gut, eine Freundin wie sie vor Ort zu haben.

Da dieses Telefonat gut gelaufen war, nahm ich meinen ganzen Mut zusammen und rief auch bei Ben an. Zu meiner Enttäuschung ging allerdings nur der Anrufbeantworter ran. Fast schon schüchtern und tollpatschig fing ich nach dem *Beep* an zu plappern.

»Hi, Ben. Ich bin's Emma. Es tut mir wirklich leid, dass ich mich erst jetzt melde, aber ich stecke im Moment in Schwierigkeiten und konnte nicht früher. Ich versuche es einfach später noch mal.«

Hatte ich jetzt wirklich von Schwierigkeiten gesprochen? Ich schüttelte den Kopf über meine naive Art, die ich manchmal an den Tag legte, entschloss mich aber dann mir erst später darüber Gedanken zu machen, wie ich das bei unserem nächsten Gespräch etwas entschärfen könnte. Oder wollte ich ihm vielleicht davon erzählen? Bei diesem Gedanken brach ich ab und ging ins Bad, um einen letzten prüfenden Blick auf mich zu werfen. Heute musste ein leichtes Make-up reichen, zusätzlich hatte ich mir einfach nur was Bequemes angezogen. Hoffentlich würden wir nicht besonders edel essen gehen. Aber heute Abend war es mir wichtiger, dass ich mich wohlfühlte, anstatt gut auszusehen. Je nach Stimmung wollte ich ohnehin den Abend vorzeitig beenden und mich lieber auf meinem Hotelzimmer auf die morgige Lesung vorbereiten. Ich nahm noch schnell meine kleine Handtasche und machte mich auf den Weg in die Lobby, wo wir uns alle treffen wollten.

Zum Glück war ich nicht die Letzte, denn als ich Michael schon von Weitem sah, stand er noch an der Rezeption und unterhielt sich mit einer jungen Frau. Als er mich bemerkte, beendete er das Gespräch und wollte auf mich zukommen. Zu meinem Glück entdeckte ich Judy, die an einem Tisch seitlich der Rezeption saß und mit ihrem Smartphone beschäftigt war. Ich huschte so schnell wie möglich zu ihr rüber und schob mir einen der Stühle zurecht.

»Hi.«

Judy blickte zu mir auf, als ich sie ansprach.

»Hi, alles gut bei dir, du siehst im Moment etwas mitgenommen aus.«

»Ähm, wirklich ganz reizend von dir.«

Ich wusste nicht, ob sie einfach nur ehrlich war, oder ob sie mich einfach nicht so richtig mochte und mich daher versuchte mit solchen kleinen Aussagen zu treffen.

»Sorry, ich bin manchmal ziemlich direkt.«

Jetzt sah sie mich etwas gefühlvoller an und schob ihr Smartphone in ihre Handtasche.

»Schon gut, ich habe ja selbst einen Spiegel in meinem Zimmer.«

Dieses fehlende Taktgefühl nervte total! Dass manche Leute immer alle Gedanken so raushauen mussten, bevor sie nachdachten.

Megan und Jake kamen zu uns rüber, die zu allem Überfluss Michael im Schlepptau hatten. Ich hatte überhaupt nicht bemerkt, dass die beiden gekommen waren. Megan sah mich nun auch besorgt an und nahm mich wie immer zur Begrüßung in den Arm.

»Brauchst du jemanden zum Reden? Du siehst aus, als hättest du geweint.« Während sie mir, ohne dass die anderen ihre Worte gehört hatten, ins Ohr geflüstert hatte, strich sie mir lieb gemeint über den Arm.

Ich zuckte leicht und sie sah mich erschrocken an und wollte mir gerade erneut etwas sagen, als Michael begann zu uns zu sprechen.

»Schön, dass ihr alle pünktlich seid. Ich habe für uns einen Tisch bei einem Italiener reserviert und in ungefähr zehn Minuten kommen zwei Taxen, die uns hinfahren. Emma?«

Er funkelte mich verschlagen an.

»Wenn du magst, teilen wir beide uns eins alleine, dann können wir noch das ein oder andere in Ruhe bereden.«

Dieser Dreckskerl dachte doch nicht ernsthaft, ich würde mit ihm alleine in ein Taxi steigen. Ich nahm meinen ganzen Mut zusammen und straffte meine Schultern.

»Ich werde mit Judy und Megan fahren.«

Megan wusste, dass irgendetwas nicht stimmte und ich bestimmt einen guten Grund haben musste, daher hielt sie mir sofort den Rücken frei.

»Das hört sich gut an.«

Der sofort darauffolgende tadelnde Blick von Michael ließ mich innerlich erschrecken. Hoffentlich würde er das nicht an Megan auslassen, ich könnte es mir nie verzeihen, wenn sie aufgrund seiner Launen leiden müsste. Es war einen kurzen Moment ganz ruhig, weil keiner in dieser Situation wusste, was er sagen sollte. Michael fing sich als erster und obwohl er wirklich zornig aussah, versuchte er entspannt zu wirken, was ihm aber nicht ganz gelingen wollte. Er strich sich energisch mit der Hand über seine stark gegelten Haare.

»Dann lasst uns zum Taxi gehen«, sagte er in seinem gewohnt dominanten Ton.

Mein Blick war auf den Boden gerichtet und ich überlegte verzweifelt, was ich tun sollte. Ich könnte Migräne vortäuschen, von den Anwesenden wusste ja keiner, dass ich eigentlich so gut wie nie Kopfschmerzen hatte, und dann könnte ich mich von Fabi abholen lassen, um dort die nächsten Tage Unterschlupf zu suchen. Eigentlich wäre es aber noch viel wichtiger, Megan vor diesem Mistkerl zu warnen. Sie war eine wirklich gute Freundin geworden und die ganze Situation könnte auch für sie viel zu gefährlich werden. In Gedanken trottete ich durch die Eingangstür und spürte, dass sich eine Hand sanft auf meinen Rücken legte. Ich drehte mich blitzschnell um und sah in Jakes braune Augen, die mich fest ansahen. Seine Hand hatte er bei meiner ruckartigen Bewegung wieder zurückgezogen.

»Emma! Lass uns bitte ein bisschen zurückbleiben, ich mach mir große Sorgen um dich!«

»Auf einmal? Du bist mir doch die ganze Zeit aus dem Weg gegangen«, patzte ich ihn an und drückte ihn mit meinem ausgestreckten Arm auf Abstand. Jetzt wandelte sich sein besorgter Gesichtsausdruck und ich sah ihn das erste Mal leicht verärgert an.

»Du bist diejenige, die nach einem tollen gemeinsamen Date mit ihrem Agenten in die Kiste hüpfen musste. Ich hätte nicht gedacht, dass du so eine bist.«

Wie versteinert stand ich da und wusste überhaupt nicht mehr, was ich sagen sollte. Ihm lief eine Träne über die Wange, die er mit seinem Handrücken sofort energisch wegwischte.

»Ihr beiden, unsere Taxen sind da.«

Judy war vorsichtig zu uns rübergekommen und hatte uns zaghaft angesprochen, da sie uns in unserem Gespräch eigentlich überhaupt nicht stören wollte. Ich sah Jake immer noch starr in die Augen und reagierte nicht auf ihre Worte.

»Wie kommst du denn auf so etwas Absurdes?« Ich atmete tief durch. »Du denkst, ich bin so was wie eine Schlampe, die sich hochschläft? Na Danke!«

»Diese Worte habe ich nicht benutzt, aber du musst auch mich verstehen. Wir hatten einen tollen Tag zusammen und küssen uns und ein paar Stunden später, springst du mit dem Nächstbesten für deine Karriere ins Bett. Du denkst nicht ernsthaft, mit mir so weitermachen zu können? Ich hätte geschworen, dass etwas Magisches, etwas ganz Besonderes, zwischen uns war. Aber selbst wenn das so war, hast du es zerstört.«

Dieses Gespräch hatte sich in die ganz falsche Richtung, in einen ausgewachsenen Streit weiterentwickelt, aber ich war so geschockt und verletzt, dass ich einfach nicht richtig antworten konnte.

Michal hielt seinen Kopf aus dem Taxi.

»Hey, nicht heute Abend. Vertagt euren Streit auf einen besseren Zeitpunkt und steigt endlich ein.«

Seiner Mimik zufolge schien er diese Entwicklung zu genießen. Nachdem ich ihn abgewiesen hatte, schien er sich zu freuen, dass ich jetzt auch noch Probleme mit meinen Kollegen hatte. Jake ging kopfschüttelnd von mir weg, woraufhin Megan zurückkam und mich wieder einmal in den Arm nahm.

»Alles Quatsch, was alle hier denken, keiner fragt auch nur einmal, was wirklich war und alle verurteilen mich sofort«, schluchzte ich in ihren Arm.

»Okay, lass uns hierbleiben und kurz reden.« Sie sah mich mitfühlend an und wendete sich dann den anderen zu.

»Fahrt schon mal vor, wir machen uns hier noch mal frisch und kommen dann nach.«

Der darauffolgende Blick von Michael ließ mich erneut erstarren und ich war mir überhaupt nicht mehr sicher, ob ich Megan davon erzählen sollte. Sie wiederum schnappte sich meine Hand und zog mich zurück ins Hotelinnere, an der Rezeption vorbei, in Richtung Damentoiletten. Zum Glück war nur eine weitere Frau anwesend, die aber glücklicherweise schon im Begriff war, ihre Hände zu waschen, um dann zu gehen. Ich glitt die gekachelte, zum Glück saubere Wand hinunter, bis ich auf meinem Allerwertesten saß.

Ich zog die Knie an und Megan hockte sich neben mich.

»Michael ist so ein Dreckskerl! Nach unserem tollen Abend hatte Jake mich geküsst und alles war perfekt und dann kommt *er* und zerstört alles!«

»Okay, ganz langsam«, unterbrach sie mich. »Was ist denn genau passiert?«

Genau in diesem Moment vibrierte mein Handy.

»Willst du ran gehen?«

Ich zog es aus meiner Tasche und sah, dass es Ben war.

»Nein, jetzt gerade möchte ich nicht mit ihm reden.«

Sie warf einen seitlichen Blick auf das Display, um zu sehen, wer derjenige war, mit dem ich nicht reden wollte.

»Dann rede endlich mit mir!« Sanft strich sie mir eine Haarsträhne zurück an ihren Platz.

»Michael erwartet, dass ich mit ihm schlafe und versucht mich unter Druck zu setzen. Er sagt, er würde sich sonst nicht mehr um meine Vermarktung kümmern. Als ich mich nicht nach seinen Vorstellungen verhalten habe, hat er komplett überreagiert und mich am Arm gepackt.«

Vorsichtig zog ich das Shirt über meine Schulter, bis man die Druckstelle gut erkennen konnte. Entsetzt sah Megan mich mit großen Augen an.

»Wieso hast du mich nicht angerufen? Wieso wolltest du heute Abend überhaupt mitkommen? Du musst jedes Detail erzählen und dann suchen wir ein anderes Hotel für dich. Du kannst unmöglich hierbleiben und Michael immer wieder über den Weg laufen. Das geht überhaupt nicht!«

Ich schob das Shirt wieder zurück.

»Jake denkt, ich hätte mit Michael geschlafen.«

»Tja, das ist halt das, was Michael den anderen erzählt hat. Ich denke, dass Jake verletzt ist und nicht weiß, was er

186

glauben soll. Er hat mich heute Nachmittag angesprochen und gefragt, was ich davon halte. Bis dahin wusste ich noch überhaupt nichts, aber ich habe ihm versichert, dass du nicht so ein bist. Ich bin mir sicher, dass ihr beide das klären könnt.«

»Nein, können wir nicht, es ist alles zerstört.«

Ich legte meinen Kopf erneut auf die Knie ab und begann zu weinen.

»Kopf hoch, Emma, ich kümmere mich um eine Unterkunft und du beginnst, deine Sachen zu packen. Dann bringen wir dich erst mal hier weg.«

Sie stand auf und reichte mir die Hand zum Aufstehen.

»Sei stark, wir finden schon eine Lösung.«

Ich ließ mich von ihr hochziehen. Meine zittrige Stimme wollte jetzt auch keine Stärke mehr zeigen.

»Ich habe Freunde in L.A., ich versuche sofort mal, jemanden zu erreichen. Ich weiß, dass ich dort ein paar Tage unterkommen kann, vielleicht können Fabi und Luis mich auch hier am Hotel abholen.«

Während wir Arm in Arm die Toilettenräume verließen, wählte mein Handy schon Fabiennes Nummer.

»Hey Süße, alles klar bei dir?«

»Nein, eigentlich nicht. Ich brauche eure Hilfe! Könntet ihr mich abholen? Ich würde gerne doch das Couch-Angebot in Anspruch nehmen und erst mal bei euch bleiben.«

»Kein Problem, das weißt du doch. Mail mir einfach die Adresse vom Hotel, dann fahren wir in fünf Minuten los.«

»Mache ich, danke! Ich habe euch lieb.«

Ich versuchte Megan ein Lächeln zu schenken, das zeigen sollte, dass alles in gut bei mir war. Aber die Tränen und das wahrscheinlich verlaufene Make-up ließen mich nicht so optimistisch wirken.

»Okay, das ist doch ein Anfang. Dann melde dich bitte, wenn du dort bist, und ich fahre jetzt erst mal ins Restaurant. Morgen bereden wir dann alles Weitere.«

Ich drückte sie noch einmal ganz fest und hätte sie am liebsten überhaupt nicht mehr losgelassen.

»Danke, dass du für mich da bist und bitte, pass auch gut auf dich auf!«

Kapitel 27

Ich gab Gummi, um zu meinem Hotelzimmer zu kommen, einerseits weil ich schnell diesen Ort verlassen und zu meinen Freunden, andererseits weil ich so verheult natürlich von niemanden gesehen werden wollte. Heilfroh kam ich ziemlich außer Atem an meinem Zimmer an und während ich noch hechelte wie ein Hund, warf ich bereits alles, was von mir herumlag, in meinen Koffer. Meine Schreibunterlagen, die eigentlich für neue Ideen gedacht waren, hatte die Ehre, mit etwas mehr Liebe in meiner Handtasche zu verschwinden. Mein Handy begann erneut zu vibrieren, Ben versuchte wieder sein Glück und diesmal ging ich endlich ran.

»Hi!«

»Hey, es ist ja unglaublich schwierig, dich zu erreichen!«

»Ich weiß, es tut mir auch wirklich leid«, gab ich kleinlaut zu und dummerweise verweigerte mir meine Stimme ihre Dienste und klang etwas zittrig. Für einen kurzen Moment sagte keiner von uns etwas und mir wurde klar, dass er merken musste, dass etwas nicht stimmte.

»Geht es dir gut?«

Ich musste kurz überlegen, was ich darauf antworten sollte, aber noch bevor ich meine Gedanken ganz zu Ende gebracht hatte, begann mein Mund ohne mein Einverständnis loszulegen.

»Wenn ich ehrlich bin, gehts mir richtig mies.«

»Was ist denn los bei dir? Ich hatte gehofft, schon früher von dir zu hören.«

»In den letzten Tagen lief es bei mir wirklich nicht gut. Ich hatte vor mich zu melden, wollte dich aber auch nicht mit meinen Problemen belästigen.«

»Du hättest ruhig anrufen können!«

Wieder entstand eine kurze, wortlose Pause.

»Ich bin in Austin fast fertig und hätte dann ein paar Tage frei, an denen ich eigentlich nach New York fliegen wollte, weil ich dann wieder von dort arbeiten werde. Soll ich vorher einen Abstecher zu dir machen? Ich würde mich sehr freuen, dich wiederzusehen, und du hättest jemanden zum Reden und anlehnen.«

Etwas in mir fand diese Idee gar nicht mal so schlecht, aber mein Denkvermögen war im Moment komplett überfordert und mit schwerem Herzen hielt ich ihn mal wieder hin.

»Darf ich drüber nachdenken, ohne dass du mir böse bist? Ich verlasse gerade mein Hotel, um bei Freunden unterzukommen. Nach meiner letzten Lesung will ich auch unbedingt sofort zurück.«

»Aber vergiss nicht, dass ich ein sehr guter Zuhörer bin. Melde dich einfach, wenn du reden möchtest. Egal zu welcher Uhrzeit! Ich freue mich schon jetzt, wenn wir uns bald wiederzusehen.«

Es klopfte an meiner Tür.

»Ich werde abgeholt, ich melde mich jeden Fall!«

»Mach das, bye.«

»Bye.« Ich schob mein Handy zurück, schnappte mein Gepäck und warf noch einen flüchtigen Blick in den Spiegel. Nachdem ich vorhin mein verschmiertes Make-up entfernt hatte, sah ich nicht mehr ganz so mitgenommen aus, wobei ich von meinem Normalzustand noch weit entfernt war.

Ich öffnete die Tür und wurde zu meiner eigenen Überraschung zurück ins Zimmer gestoßen. Michael! Mit ihm hatte ich jetzt überhaupt nicht gerechnet und noch bevor ich etwas sagen konnte, polterte er auch schon los.

»Du machst ein Riesentheater und auf einmal wird meine Aussage, dass wir eine gemeinsame Nacht miteinander verbracht haben, komplett infrage gestellt. Was hast du Megan erzählt? Jake beobachtet mich zusätzlich die ganze Zeit, du hättest mir sagen müssen, dass da was zwischen euch läuft.« Er schrie mich fast an und war außer sich vor Wut. Mein Herz schlug vor Entsetzen und Angst so schnell, dass ich überhaupt nicht mehr klar denken konnte. Er ging einige Schritte auf mich zu und ich wich ihm im selben Tempo, rückwärts aus, bis ich mit der Wade an die Bettkante stieß.

»Vielleicht setzen wir uns und bereden das Ganze bis wir eine Lösung gefunden haben.«

Mit seinem harten Ton wollte er mich wohl einschüchtern. Aber da ich mich nicht zu widersprechen traute, nahm ich auf meinem Bett platz, und beobachtet wie er sich recht nah neben mich setzte. Unbehaglich rutschte ich ein Stück von ihm weg.

»Das ganze läuft in die falsche Richtung und wir sollten uns absprechen, damit du nicht als komplette Idiotin dastehst«, ging dieses einseitige Gespräch weiter. Er atmete einmal scharf ein, beobachtete mich dabei ganz genau. Dann fuhr er fort.

»Oder …« Seine Hand griff mir unverblümt an meinen linken Innenschenkel. »Du bist ein bisschen nett zu mir und ich erkläre allen, dass es sich um ein großes Missverständnis handelt und ich eigentlich einen Korb von dir bekommen habe und niemanden davon erzählen wollte.«

Ich konnte meinen eigenen Herzschlag pochen hören und war kurzfristig wie erstarrt. Nach einigen Sekunden ergriff ich den ersten klaren Gedanken, der mir in den Sinn kam und begann, seine Hand wegzuschieben. Da das Kräfteverhältnis zwischen uns sehr ungerecht verteilt war, hatte ich wenig Erfolg und sein Griff verstärkte sich durch meine Aktion, was unglaublich unangenehm und zugleich widerlich war.

»Du musst mir Zeit lassen, um darüber nachzudenken.«

»Meiner Meinung nach, hattest du mehr als genug Zeit. Ich bin nicht länger bereit, zu warten.« Er klang so kalt und entschlossen, dass sich vor Ekel und Angst alle Härchen an meinem Körper aufstellten. Ich musste dringend improvisieren.

»Okay«, begann ich vorsichtig. »Dann lass uns nach einer vernünftigen Lösung suchen.« Für den Moment löste sich sein Griff etwas und am liebsten hätte ich einen Fluchtversuch gestartet, was garantiert die falsche Taktik gewesen wäre. Ich legte meine zittrige Hand auf seine Schulter. »Bitte!«

Siegessicher nahm er tatsächlich seine Hand zurück.

»Schon besser, ich glaube, jetzt schlagen wir den richtigen Weg ein.« Mir war so schlecht von diesem Typen. Es war nahezu hoffnungslos, in dieser kurzen Zeit eine Lösung zu finden. Hinhalten, klar das würde vielleicht funktionieren, aber er war ein durchtrainierter Mann. Ich hatte keine Ahnung, wie ich aus dieser Situation entfliehen könnte.

»Darf ich mich kurz frisch machen? Dann würde ich mich schon deutlich besser fühlen«, log ich. »Wie komme ich eigentlich zu der Ehre, dass ich in dein Jagdschema passe, ein Mann wie du kann doch bestimmt jede haben.«

Die Art von Gespräch schien ihm besser zu gefallen.

»Du hast mir schon bei unserem ersten Treffen sehr gefallen und dein Mut, allein in die Staaten zu kommen, hat mich beeindruckt. Eigentlich hatte ich gedacht, dass du nicht durchhältst und die Tour abbrichst, aber bis hierher hast du alles besser gemeistert als gedacht. Der perfekte Zeitpunkt, dass wir beide das gemeinsam feiern.« Er versuchte mir über die Haare zu streicheln, aber ich zuckte vor seiner Berührung zurück. »Stell dich nicht so an! Du solltest nicht vergessen, wem du das alles verdankst!«

Sein Ton hatte etwas sehr Bedrohliches und ehe ich mich versah, hielt er meinen Arm mit festem Griff. Er sah mir tief in die Augen.

»Beeil dich, ich habe jetzt lange genug gewartet«, drohte er mir. Ich schnappte meine Handtasche und verschwand so schnell ich konnte im Bad und wollte gerade die Tür schließen, als sich Michaels eleganter Schuh dazwischenklemmte und sie mit einem unerwarteten Ruck in meine Richtung zurückschnellte, dass sie mich dummerweise an der Stirn traf. Für einen kurzen Augenblick verlor ich jegliche Orientierung und spürte einen scharfen Schmerz, der mein Reaktionsvermögen dämpfte. Mit meinen Händen versuchte ich mich verzweifelt am Waschbecken abzustützen, damit ich nicht hinfiel.

Ich vernahm ein dumpfes hartnäckiges Klopfen an der Hoteltür und hörte eine bekannte Stimme, die nach mir rief.

»Emma?! Alles okay bei dir?«

Das war das erste Mal, dass ich eine Art des Entsetzens auf seinem Gesicht erkannte. Etwas irritiert sah er mich an und flüsterte mir immer noch rau, aber nicht mehr ganz so überlegen zu.

»Vielleicht habe ich ein wenig die Kontrolle verloren, aber sag dieser Person, dass alles gut ist und sie verschwinden soll.«

Meine Hand strich unbewusst über meine Stirn, während ich mich mit der anderen weiterhin gut festhielt. Beim Ertasten fühlte es sich feucht an, und obwohl ich mir jetzt bereits ausmalen konnte, dass ich eine kleine Platzwunde haben musste, wurde mir beim Anblick von Blut an meiner Hand leicht schwindelig. Was sollte ich nur tun? Einerseits bestand der Hauch einer Chance, diesen Albtraum zu beenden, aber mir fehlte der Mut zu antworten.

»Emma! Antworte mir bitte! Ich höre doch das du da bist!«

Leicht benebelt, vernahm ich noch hartnäckiger werdendes Klopfen. An Michaels Blick konnte ich sehen, dass er langsam, aber sicher in Panik verfiel.

»Das bisschen Blut ist nicht so schlimm! Antworte lieber deiner Bekannten!«

Er ließ mich los, um mir mit einem herumliegenden Handtuch grob über die Stirn zu wischen, und ich kam ins Taumeln. Seine Hände hielten mich für einen Moment, was mich vom Stürzen abhielt. Er begann mich leicht zu schütteln.

»Emma, jetzt reiß dich zusammen!«

Trotz meines Widerstandes konnte ich meine Augen nicht weiter geöffnet halten. Leicht verschwommen nahm ich weiter seine Stimme wahr. Ab diesem Punkt war alles, als hätte man ein paar Seiten aus einem Buch gerissen. Das Einzige, woran ich mich noch umnebelt erinnerte, war, dass Fabi sich über mich beugte und meine Hand streichelte.

»Ganz ruhig, Luis hat einen Krankenwagen gerufen, gleich kommt Hilfe.«

Danach verlor ich das Bewusstsein.

Kapitel 28

Es roch eigenartig und ein gleichmäßig wiederkehrender Ton ließ mich langsam erwachen. Vorsichtig öffnete ich die Augen. Ich lag in einem verhältnismäßig großen Raum, der zwar spartanisch eingerichtet war, man aber dennoch versucht hatte, eine einigermaßen freundliche Atmosphäre zu schaffen. An meinem Arm spürte ich ein leichtes Ziehen und als ich meinen Kopf langsam drehte, erkannte ich, dass ich eine Infusion bekommen hatte. Meine Sinne schärften sich nach und nach wieder und ich musste erschrocken verstellen, dass mir jemand eines dieser hässlichen Krankenhaushemdchen angelegt hatte, welches alle Patienten in diesen von mir so verhassten US-Krankenhausserien trugen. Na super, die hatten mich ausgezogen und dieser Gedanke gefiel mir überhaupt nicht. Unbewusst verzog ich mein Gesicht und wurde sofort mit stärker werdenden Kopfschmerzen bestraft, woraufhin ich vorsichtig meine Stirn abtastete. Das fühlte sich überhaupt nicht gut an und ich wollte beim besten Willen nicht wissen, wie ich aussah, geschweige denn wer mich ausgezogen hatte. Vorsichtig sah ich mich weiter im Raum um. Hier war es still, bis auf das rhythmische Geräusch des Herzmonitors, welches fast entspannend auf mich wirkte.

Als ich in Fensterrichtung sah, erkannte ich, dass Megan in einer nackenunfreundlichen Position in einem der Besucherstühle hockte und schlief. Am liebsten hätte ich sie kurz geweckt, um zu fragen, warum ich hier lag und woher sie wusste, dass ich hier war. Auch wenn ich mir diese Frage eigentlich mit ein wenig gesundem Menschenverstand selbst beantworten konnte. Ein Anflug von Müdigkeit überkam mich und ich schloss trotz der offenen Fragen wieder meine Augen, um noch in wenig zu dösen.

Als ich wieder aufwachte, war es schon dunkel und leichtes Dämmerlicht umhüllte den Raum. Mein Mund war ganz trocken und so entschloss ich mich, Megan zu fragen, ob sie mir etwas zu trinken organisieren könnte, aber der Stuhl, wo sie eben noch geschlafen hatte, war leer. Ich tastete meine Umgebung ab, hier musste doch irgendwo so ein blöder Knopf sein, um die Schwester zu rufen.

Es dauerte nicht allzu lange, bis nach dem Drücken eine nette Frau hereingeeilt kam. Ihre braunen Haare waren zu einem Dutt hochgesteckt und sie sah leicht gestresst aus, dennoch begrüßte sie mich nett.

»Hallo, ich bin Schwester Debbie! Wie fühlen Sie sich?«

Mein Gehirn hatte wohl im Ruhemodus auf Deutsch geschaltet und ich brauchte einen Moment, bis ich es wieder umgestellt hatte.

»Ich denke, es geht mir ganz gut. Hätten Sie vielleicht etwas zu trinken für mich?«

Sie schüttete mir Wasser vom Nachttisch in einen Becher und reichte ihn mir.

»Können Sie sich erinnern, was passiert ist und wieso Sie hier sind?«

Ehrlicherweise musste ich gestehen, dass ich nicht genau wusste, wie ich hierhergekommen war.

»Teilweise schon, mir fehlt nur der Abschnitt, wie ich ins Krankenhaus gekommen bin. Wissen Sie, wo die Frau hin ist, die hier eben noch geschlafen hat?«

Sie sah mich mit einem ehrlichen Lächeln an.

»Sie haben da eine wirklich gute Freundin. Seit Sie hier sind, hat sie das Zimmer nur kurz verlassen, wenn sie das WC besucht hat. Ansonsten ist sie nicht von Ihrer Seite gewichen.«

Okay, Debbie sprach schnell und mit heftigem Akzent, sodass ich wirklich Probleme hatte, ihren Worten zu folgen. Während ich noch wie ein Fragezeichen im Bett saß, kam Megan zurück, die sichtlich erleichtert war.

»Oh mein Gott, bin ich froh, dass du endlich ansprechbar bist. Was um Himmels willen ist denn passiert? Ich habe nur gehört, dass Michael und Fabienne dich gefunden haben, aber so ganz blicke ich da noch nicht durch.«

Sie plapperte wie ein Wasserfall.

»Okay, Pause bitte und dann eins nach dem anderen.«

»Sorry, aber ich habe mir solche Sorgen gemacht und Fabis Dauervorwürfe, sie wäre zu spät bei dir gewesen, waren auch nicht wirklich hilfreich. Dein Männerharem ist auch noch teilweise hier. Jake kam sofort mit ins Krankenhaus, als ich ihm erzählt hatte, wie man dich gefunden hatte. Er hat die ganze Nacht darauf gewartet, dass du wach wirst. Ich habe ihn eben ins Hotel geschickt, weil er doch heute seinen TV-Auftritt hat.« Sie redete weiter ohne Punkt und Komma drauflos. »Ben hatte durch einen Zufall am späten Abend angerufen und ich bin an dein Handy gegangen und habe ihm erzählt, was passiert ist. Er war total wütend, wieso dir jemand etwas antun könnte und da er sich auch Sorgen gemacht hat, hat er sich sofort ein Taxi genommen und ist hierhergeflogen.«

Ich atmete einmal tief durch und sah dann wieder Megans besorgten Blick.

»Dann ist er jetzt hier?«

»Ja, wir hatten uns nur schnell einen Kaffee genehmigt, als du aufgewacht bist.«

Debbie meldete sich jetzt auch wieder zu Wort.

»Sie müssen sich unbedingt noch Ruhe gönnen, später wird dann der Arzt nach Ihnen sehen.«

»Soll ich dich noch etwas schlafen lassen?« Megan wollte sich aufmachen, um mit der Schwester das Zimmer zu verlassen.

»Nein, bitte bleib! Ich möchte nicht allein sein und wenn der Arzt kommt, brauche ich bestimmt jemanden, der mir danach alles in verständliche Worte übersetzt.«

Sie kam zurück zu meinem Bett und streichelte meine Hand, während Debbie uns zunickte und erst mal verschwand. Wir saßen eine längere Zeit einfach nur da und keine sagte ein Wort, bis ich dieses Schweigen durchbrach.

»Es wäre mir wichtig, dass ihr mich nicht allein lasst.«

Ben, der wie weiß wie lange schon am Türrahmen stand, kam ebenfalls zu uns rüber. Er wirkte zornig, gab sich aber Mühe, dies runterzuspielen. Im Vergleich zu sonst sah er müde und erschöpft aus und seine coole, lockere Art war wie weggeblasen.

»Hi.« Er sprach mich so vorsichtig an, wie noch nie.

»Hi, was machst du denn hier?«

Ein leichtes Lächeln meinerseits führte dazu, dass sich seine Mundwinkel etwas entspannten und er nicht mehr so verbissen wirkte.

»Einer muss ja wohl auf dich aufpassen und da ich euch eben schon ein wenig belauscht habe, kann ich auch gerne bei dir bleiben. Da ich noch Unmengen an Überstunden und Resturlaub habe, könnte ich mich sogar eine Zeit lang freistellen lassen.«

Ich war so gerührt, dass mir eine einsame Träne über die Wange lief, die ich sofort wegwischen wollte, aber durch den leichten Schmerz in meinem Oberarm wurde ich davon abgehalten.

Er zuckte mitfühlend zusammen, als er meinen Schmerz sah, reagierte aber sofort und wischte die Träne liebevoll weg. Ich legte meinen Kopf in seine Hand und er kam mir ganz nah, um mich behutsam darauf zu küssen.

»Danke!«

»Für den Kuss?« Mit einem hämischen Blick versuchte er mich zu necken.

»Nein, dafür, dass ihr beide hier seid.«

Sie sahen mich immer noch besorgt, aber liebevoll an, dass sich ein kleiner Funke Wärme mit Geborgenheit in mir ausbreitete und ich mich, genau in diesem Moment sicher fühlte. Ben legte mir seine Hand auf meine Schulter und streichelte sie sanft.

»Was ist eigentlich genau passiert oder möchtest du lieber nicht darüber reden?«, fragte er mich vorsichtig.

»Du darfst mich immer alles fragen, ob du allerdings eine Antwort von mir bekommst, ist dann eine ganz andere Sache. Aber im Moment möchte ich noch nicht reden.«

»Das ist in Ordnung. Allerdings hätte ich da eine ganz wichtige Frage. Wer ist Michael? Diesen Namen habe ich jetzt schon mehrfach aufgeschnappt.«

»Er ist Emmas zugeteilter Verleger aus der Chefredaktion und mein direkter Boss. Er hatte sie, als wir in Austin waren, schon einmal belästigt.«

Sein Blick durchdrang mich fast.

»Dann war das dein Problem, welches du angedeutet hattest? Wieso hast du nicht sofort alles erzählt? Ich hätte dich von vornherein nach L.A. begleiten können.«

»Oder ich hätte vielleicht ganz in Deutschland bleiben sollen, dann wäre das alles nie passiert. Wie soll denn jetzt noch eine Weiterarbeit funktionieren?«, platzte es aus mir heraus. Zwar hatte ich das Ganze natürlich nicht so gemeint, aber meine Gefühle glichen einer Achterbahnfahrt und ich wollte jetzt endlich aussteigen. Schlagartig war es mucksmäuschenstill. Es hatte mir schon in dem Moment leidgetan, während ich es noch sprach.

»Sorry, ich bin wohl gerade etwas überfordert.«

»Kein Problem, wir finden schon eine passende Lösung.«

In dem Moment kam ein sehr gestresster Arzt herein.

Er sah in meine Akte, um sich auf den neusten Stand zu bringen.

»Soll ich uns allen einen Kaffee organisieren?«, fragte Ben.

Ich nickte ihm dankbar zu und er verschwand. Megan nahm seinen Platz an meiner Seite ein und ich war froh, dass sie bei mir war, denn der Arzt schien unter enormen Zeitdruck zu stehen, und redete nun in einer Geschwindigkeit, der ich nur mit großer Mühe folgen konnte. Zum Glück war soweit alles in Ordnung. Nur wegen der Platzwunde am Kopf wollte er mich noch bis morgen zur Beobachtung hierbehalten. Eigentlich wäre ich am liebsten heute schon gegangen, aber zurück ins Hotel wollte ich auf gar keinen Fall. Selbst in Begleitung konnte ich dort nicht mehr hin. Als der Arzt den Raum verlassen hatte, schwirrten meine Gedanken wie verrückt durcheinander.

»Wir müssen meine Sachen noch aus dem Hotel holen und wo soll ich hin, wenn ich entlassen werde? Da ist ja auch noch die Lesung. Sehe ich sehr mitgenommen aus?«

In diesem Moment erschien Ben, der in der einen Hand einen Halter mit drei Kaffeebechern hielt und zusätzlich in der anderen ein paar Sandwiches dabei hatte. Jetzt erst merkte ich, wie sehr mein Magen knurrte, immerhin hatte ich bei dem gestrigen Stress kaum etwas zu mir genommen.

»Wie schön, dass ich mit meiner Vermutung, dass du eventuell hungrig bist, richtig lag. Thunfisch oder Käse?«

»Käse bitte!« Ich schenkte ihm ein total übertriebenes Lächeln und nahm das Sandwich dankbar entgegen. Wie bei einem Picknick breiteten wir alles auf meinem Bett aus und begannen mit der Planung.

»Was meinte der Arzt eben?«, fragte Ben vorsichtig.

»Alles gut so weit.«

»Wie lange wollen sie dich noch hierbehalten?«

»Ehrlich gesagt glaube ich, dass ich mich später selbst entlassen werde.« Kaum ausgesprochen, erntete ich zwei entsetzte Blicke für diese Idee.

»Bitte sagt nichts dazu, ich werde das natürlich abwägen und vorher überlegen wie ich an meinen Sachen komme und …«

»So, jetzt erst mal langsam!« Megan legte eine kurze Futterpause ein und spülte das Stück Sandwich in ihrem Mund mit einem großen Schluck Kaffee herunter. »Deine Handtasche hatten wir sofort mitgenommen.« Sie reichte sie rüber und stellte sie am Fußende des Bettes ab. »Deine anderen Sachen hole ich später und checke dann für dich aus dem Hotel aus. Soll ich dir nicht lieber einen Flug zurück nach New York buchen?«

Während ich den nächsten Bissen nahm, überlegte ich, was wohl am meisten Sinn ergab.

»Hm? Michael reist auch nach New York, oder? Und er weiß durch dich bestimmt, wo ich wohne. Ich würde mich im Moment nicht sicher fühlen, wenn ich allein in meiner Wohnung wäre.«

»Und, was schlägst du vor?«

Ben brachte sich jetzt auch wieder in das Gespräch ein.

»Wir könnten uns auch ein Hotelzimmer teilen, natürlich nur, wenn du magst. Wenn wir gemeinsam nach New York fliegen, holen wir anschließend deine Sachen und du könntest vorübergehend in meinem Loft unterkommen, bis du ein neues Apartment gefunden hast.«

Er sah mir aufrichtig in die Augen und ich fand dieses Angebot, falls es auf freundschaftlicher Basis beruhte, gar nicht mal so schlecht. Aber er sah mich nicht an, als wäre es mit Hintergedanken verbunden, er wollte wohl wirklich nur helfen. Spontan viel mir für L.A. eine andere Lösung ein.

»Ich hatte vor, bei meiner Freundin Fabienne unterzukommen. Also ich meine, solange wir noch in L.A. sind. Ihr Haus hat bestimmt genug Gästezimmer für uns beide und dort würde ich mich gut aufgehoben fühlen. Soll ich mal für dich nachfragen?« Ich wandte mich zu Megan. »Denkst du, es wäre in Ordnung, wenn sie meine Lesung hält? Immerhin hat sie das ja schon beim ersten Termin für mich übernommen. Ich würde zwar gerne vor Ort sein, aber mich lieber im Hintergrund halten.«

Sie nickte verständnisvoll. Ich lehnte mich entspannt zurück, weil ich mit dem vorläufigen Plan sehr zufrieden war und auch schon wieder ein bisschen schläfrig wurde. Ich hörte, wie Megan zu Ben sagte, dass sie sich um meine Sachen kümmern würde und er mich unter keinen Umständen allein lassen solle. Mit dem guten Gefühl, dass Ben bei mir blieb, döste ich langsam weg.

Als ich wieder erwachte, stand mein Gepäck an der Seite und die Tür stand ein Spalt weit offen, wodurch ich Teile einer Diskussion meiner Freunde wahrnahm. Ich fand es schon immer blöd, wenn man ohne mein Beisein über mich redete. Ich richtete langsam meinen Oberkörper auf und schob meine nackten Füße auf den kalten Krankenhausboden. Ein leichter Anflug von Schwindel ließ mich kurz in dieser Position verweilen. Vorsichtig entfernte ich erst mal diese blöde Infusionsnadel, die mir bei jeder Bewegung im Handrücken einen leichten Schmerz verursachte. In Zeitlupe erhob ich mich und war doch erstaunt, wie gut es klappte, und ging nun in kleinen vorsichtigen Schritten zu meinem Reisekoffer. Während ich nach ein paar lässigen Klamotten wühlte, behielt ich immer wieder die Tür im Auge, da ich in dieser Position mit dem flattrigen Hemdchen mehr von meinem Körper preisgab, als mir lieb war. Zum Glück konnte ich ungehindert im Bad verschwinden, wobei ich merkte, dass ich einen Gang runterschalten sollte.

Beim Blick in den Spiegel bekam ich einen Schreck, denn auf meiner Stirn prangte ein ziemlich großes Pflaster. Meine Haare, wie konnte es auch anders sein, standen struppig in alle Richtungen ab und ich schämte mich, dass meine Freunde mich nicht darauf hingewiesen hatten und mich Jake und Ben so sehen mussten.

Ich suchte mir das Notwendigste aus meinem Kulturbeutel und begann mich erst mal zu waschen und meine Haare in einen ordentlichen Pferdeschwanz zu binden. Zwar hatte ich endlich meine eigenen Sachen an und sah nicht mehr ganz so verwildert aus, aber die Emma im Spiegel wirkte so fremd auf mich und tat mir irgendwie leid. Drei Tränen rollten hinunter zu meinem Kinn und ich gab mir diesmal keine Mühe, sie wegzuwischen. Da stand ich und bemitleidete mich selbst. Was sollte ich jetzt tun? Ich versuchte mein Spiegelbild anzulächeln. Ja, *versuchte* war der richtige Ausdruck. Ich pfefferte meine Sachen zurück in meinen Beutel und ging, wie eine Schnecke, zurück zu meinem Bett. Diesmal hatten meine Bodyguards wohl Schichtwechsel, denn Fabi und Luis kamen gerade herein. Ohne große Worte fiel ich Fabi in die Arme.

»Bitte nur ganz vorsichtig erwidern.«

»Schön, dass es dir besser geht, allerdings habe ich die Wette mit Luis gewonnen!«

Ich wusste sofort, worum es ging.

»Ihr wettet nicht ernsthaft, wie lange ich im Krankenhaus bleibe.« Ich hatte die beiden ertappt und Fabi lächelte etwas verlegen.

»Sorry, ich war mir sicher, dass du dich hier nicht wohlfühlst und so haben wir alle etwas davon. Für die verlorene

Wette zahlt er heute Abend unsere Pizzabestellung! Es bleibt doch dabei, dass wir dich mit zu uns nehmen?«

»Das ist eigentlich keine Frage und ich hätte euch auch so auf eine Pizza eingeladen«, fügte Luis noch rasch hinzu.

»Ich weiß«, lächelte ich ihn erschöpft an.

»An deiner Stelle wäre ich noch die eine Nacht geblieben, aber da ich mittlerweile ja weiß, dass diskutieren mit dir nicht wirklich etwas bringt, akzeptiere ich deine Entscheidung. Bei uns bist du gut aufgehoben.« Seine Tonlage war zwar zweideutig, aber ich hatte keine Lust, dieses Thema zu Tode zu reden, also verstummte ich vorerst.

»Erde an Emma, noch anwesend?« Fabi hatte wohl versucht, mit mir weiterzureden, aber meine Gedanken wirbelten mal wieder umher. »Ich frage gleich noch mal nach, wie die Entlassung abläuft.«

Megan kam stürmisch ins Zimmer gerannt.

»Jake hat gemailt, in fünf Minuten beginnt die Show und wir sollen auf jeden Fall einschalten!«

Mein Herz hüpfte vor Freude, obwohl ich immer noch sauer war, dass er dem blöden Geschwätz von Michael geglaubt hatte. Ich nahm in einer aufrechten Position in meinem Bett platz, während Megan bereits durch die Programme zappte. Aufmerksam betrachtete ich die drei Moderatoren, die bereits mit der Show gestartet hatten und sich locker über verschiedene Tagesgeschehen unterhielten. Fabi kam neben mich und setzte sich auf die Bettkante, während die anderen sich die Besucherstühle zurechtrückten.

Sie flüsterte mir möglichst unauffällig zu.

»Wir müssen uns mal ganz dringend über deinen Männerstatus unterhalten. Ich bin ja froh, dass du dich endlich zu Dates überwunden hast, aber wer ist denn jetzt der, der dir wichtig ist? Beide scheinen sich große Sorgen um dich zu machen.«

»Pssst, ich möchte das gerade sehen und abgesehen davon ist die Auswahl keine Option mehr, da ich mich mit Jake zerstritten habe.«

In diesem Moment erschien er auf dem Bildschirm und begrüßte gewohnt fröhlich das Team, um danach die oberflächlichen Fragen zur Idee seines Buches, zum Arbeitsumfang, seinem bisherigen Erfolg und so weiter zu beantworten. Es war ein sehr kurzes Interview, welches wohl nur in den normalen Ablauf gequetscht wurde, und war ein paar Augenblicke später auch schon vorbei. Die Moderatorin wünschte ihm noch viel Erfolg und Jake bedankte sich höflich, dass er zu Gast sein durfte. Als er schon im Gehen war, drehte er sich noch einmal zu ihr um und fragte, ob er noch jemanden grüßen dürfe. Etwas überrascht nickte sie ihm zu. Ihr Blick ging an der Kamera vorbei hinter die Kulissen, wo sie wohl auf ihr OK wartete, weil der Ablauf bestimmt anders abgesprochen war. Nachdem sie diese offensichtlich erhalten hatte, schenkte sie dem Gespräch wieder ihre gesamte Aufmerksamkeit.

»Dann legen Sie mal los.«

»Ich wollte nur kurz was sagen.« Er wendete sich das erste Mal in diesem Gespräch der Kamera zu. »Emma, hoffentlich schaust du zu und es geht dir schon besser! Ich war ein Idiot und hoffe, du lässt mich alles erklären.«

Die Moderatorin, die bis zu diesem Satz nicht wirklich beeindruckt von Jake war, tätschelte nun freundschaftlich seine Schulter und sah ihn mitfühlend an.

»Emma, das ganze Team hofft auch, dass es Ihnen gut geht, und wünscht Ihnen alles Gute.«

»So eine dumme Pute!« *Ups, hatte ich das jetzt laut gesagt?* Alle Blicke waren auf mich gerichtet. Aber die Pute bedankte sich jetzt, deutlich netter bei ihm für das Gespräch und dann wurde in einem anderen Blickwinkel gezeigt, dass die Moderatoren mit dem nächsten Thema anfingen. Mein Herz klopfte so laut, dass ich Angst hatte, die anderen könnten es hören, was ja natürlich quatsch war. Obwohl ich mir seiner Zuneigung, nach allem, was passiert war, nicht mehr ganz so sicher war, konnte ich mein Strahlen nicht verbergen.

»Süß!«, hauchte Fabi und stupste Luis vorwurfsvoll in die Rippen, woraufhin er sich sofort zu verteidigen anfing.

»Also ich habe ja wohl auch schon einige süße Sachen für dich gemacht.«

Ich musste kichern, wenn ich mir seinen Schmollmund ansah. Megan lächelte mich an.

»Wenigstens kannst du immer noch lachen und der Rest wird schon wieder. Zum Glück stehen genug gute Freunde hinter dir.«

»Ich weiß, und das gibt mir auch Kraft.«

Ich tastete nach der Klingel, um die Schwester zu rufen, die innerhalb weniger Minuten bei mir war. Bevor sie etwas sagen konnte, fuhr ich ihr bereits über den Mund.

»Ich würde mich jetzt wirklich gerne selbst entlassen, könnten Sie bitte alles vorbereiten.«

Sie wollte gerade gegenreden, als ich ihr erneut zuvorkam. »Ja, ich weiß, was ich tue. Ich fühle mich hier nicht wohl und bin bei meinen Freunden gut aufgehoben.«

»OK, ich rede mit dem Arzt. Sie sollten aber unbedingt noch eine Abschlussuntersuchung durchführen lassen und kurz mit dem Arzt reden«, antwortete sie etwas zögerlich.

Ich nickte zufrieden und hoffte auf eine schnelle Untersuchung.

Ben kam herein, als die Schwester sich auf den Weg Richtung Flur machte, sodass die beiden fast gegeneinander liefen und er nur ein Kopfschütteln für seine Unvorsichtigkeit erntete.

»Alles klar? Oder ist was passiert?« Mit fragendem leicht besorgtem Blick kam er rüber zu meinem Bett.

»Alles in bester Ordnung, es ist nur langsam Zeit, dass ich gehe, und das habe ich ihr mitgeteilt.«

»Bist du dir wirklich sicher? Du bist hier doch gut aufgehoben.« Vorwurfsvoll sah er mich an, aber Megan rettete mich vor einer bevorstehenden Diskussion.

»Also ihr Lieben, wenn Jake kommt, müssen wir beruflich noch mal weg. Wie ist jetzt der Ablauf?«

»Wir müssen die Kleine gleich aus der Kindertagesstätte abholen, sollen wir dich dann hier wieder einsammeln?« Fabi schien auf weitere Vorschläge zu warten.

»Ich hatte mir am Flughafen einen Mietwagen geholt und könnte Emma zu euch bringen«, warf Ben ein.

Ich sah zu ihm und wieder zu Fabi, um mich vorsichtig ranzutasten, ob er nicht auch bei Luis und ihr Unterschlupf bekommen würde.

»Wie viele Gästezimmer habt ihr eigentlich?«

Zum Glück wusste sie wie immer, was ich von ihr wollte.

»Ben, du darfst gerne auch unser Gast sein, wir haben ausreichend Platz.«

»Ich möchte aber niemandem zur Last fallen.«

»Emmas Freunde sind bei uns immer willkommen.«

Obwohl es meine Idee war, die ja ohne Probleme zu funktionieren schien, fühlte es sich genau in diesem Moment falsch an. Ich mochte Ben wirklich, aber ich war mir nicht mehr sicher, ob ich wollte, dass er ein paar Zimmer weiter bei meinen besten Freunden schlafen würde. Langsam ließ ich mich zurücksinken, schloss für einen kurzen Moment die Augen und lauschte den munteren Plänen der anderen, bis ich wieder einnickte.

Als ich erwachte, war Ben der Einzige, der von meinem Besucherharem übrig war. Außer ihm stand der ersehnte Arzt an meinem Bett. Seine Augen wirkten riesig, wie er durch seine kleine eckige Brille meine Unterlagen durchlas. Sein ruhiger netter Blick wanderte zu mir hoch.

»Ms. Bergmann, Sie wollen uns schon verlassen?«

Ich nickte ihm zu, richtete mich leicht auf, schnappte mir Bens Hand und vergrub meine darin. Ärzte ließen mich immer unglaublich nervös werden. Er lächelte mich ehrlich an, untersuchte als Erstes vorsichtig meine Wunden und erneuerte das Pflaster.

»Das sieht doch ganz gut aus. Ich denke, ich kann Sie unbesorgt zu Ihrem Freund nach Hause entlassen«, murmelte er mir zu. »Ich habe die Unterlagen soweit vorbereitet und Ihnen noch ein Rezept für ein Schmerzmittel ausgestellt. Passen Sie gut auf Ihre Freundin auf, ich möchte Sie so schnell nicht wiedersehen.« Er zwinkerte mir fröhlich zu und war auch schon wieder im Begriff zu verschwinden.

$$\cdot\cdot\heartsuit\heartsuit\heartsuit\cdot\cdot$$

Kapitel 29

Langsam gingen wir zum Ausgang und ich hatte ein wirklich schlechtes Gewissen, dass Ben meinen Packesel spielen musste. Erleichtert sah ich zu ihm rüber, als ich den ersten Schritt außerhalb des Gebäudes gesetzt hatte.

»Du machst dich gut als Gepäckträger, wenn du mal einen Job brauchst, kannst du dich gerne dauerhaft bewerben.« Ich war so unendlich froh, wieder auf freiem Fuß zu sein, dass ich mich sehr erleichtert fühlte.

»Wenn mein Auto noch nicht abgeschleppt wurde, müsste es hier rechts auf dem Parkplatz stehen«, gab er trocken zurück. Erst jetzt fiel mir auf, wie müde er aussah und wie beschäftigt ich wohl mit mir selbst gewesen sein musste, dass ich das nicht schon vorher bemerkt hatte.

»Soll ich mir später nicht lieber ein Hotel suchen«, fuhr er fort.

»Das kannst du machen, wie du möchtest, aber wenn Fabi es dir anbietet, kannst du ihr Angebot ohne schlechtes Gewissen annehmen. Die beiden sind superlieb, du wirst sie mögen.«

»Emma?«, begann er.

»Ja.«

»Darf ich dich etwas fragen?«

Er wirkte auf einmal so ernst und dies hinterließ ein eigenartiges Gefühl in meiner Magengrube. Das war so überhaupt nicht seine Art, sonst war er immer geradeheraus.

»Als du geschlafen hast, war dieser Jake wieder bei dir und er streichelte dich die ganze Zeit und sah sehr besorgt aus. Zusätzlich beobachtet er mich, als wäre ich sein Konkurrent. Ich glaube, du bedeutest ihm viel und jetzt würde ich gerne wissen, ob da was zwischen euch ist?«

Seine Stimme klang ein wenig traurig und während er sein Auto aufdrückte, um die Koffer hineinzustellen, schien er komplett auf diese unwichtige Aufgabe konzentriert. Ich wartete kurz ab, bis er den Kofferraum schloss, stellte mich vor ihn und ergriff seine Hände. Noch bevor ich anfangen konnte, begann er zu sprechen. »Mir ist klar, dass bei dir im Moment viel los ist, ich will dich auch nicht drängen oder einengen, aber ich wüsste gerne, woran ich bin.« Er sah mich diesmal nicht direkt an und wirkte auch nicht so selbstsicher wie sonst, aber vielleicht hatte ich genau diesen Moment gebraucht, um zu wissen, was ich wollte, denn mir war jetzt ganz klar, was das war. Nur, dass mir noch die richtigen Worte fehlten, aber mich weiterhin zu drücken, wäre auch nicht fair und ich wollte jetzt endlich alles klären.

»Ben«, begann ich zögerlich, »ich bin sehr froh, dass du an meiner Seite bist und auch, dass du sofort zu mir geflogen kamst, als ich Hilfe brauchte. Du bist ein wahnsinnig toller Typ, aber ich glaube, dass da nicht mehr ist als meine aufrichtige Freundschaft.«

Er richtete seinen Blick zu mir auf und sah gar nicht so enttäuscht aus, wie ich es mir gedacht hatte. Ein bisschen geknickt war ich darüber schon, aber im Großen und Ganzen war ich unheimlich erleichtert, endlich in einem Teil meines Lebens wieder für Klarheit gesorgt zu haben. Allerdings merkte ich, dass mir mein Kopf durch die ganze Bewegung zu schaffen machte. Ben stützte mich mit seinen starken Armen und seiner weiterhin liebevollen Art.

»Das ist für mich OK, ich hatte schon bei der Lesung in Austin das Gefühl, dass du nicht ganz bei mir warst. Dass mich das Ganze nicht so aus der Bahn wirft wie gedacht, zeigt mir, dass unsere Gefühle füreinander wohl ähnlich sind. Ich mag dich sehr und du bist mir sehr ans Herz gewachsen.«

Ein tiefer Blick in seine Augen bestätigte mein Bauchgefühl, dass ich mich richtig entschieden hatte. Ich gab ihm einen sanften Kuss auf die Wange und bekam die gleiche liebevolle Geste zurück.

»Aber du musst mir versprechen, dass wir Freunde bleiben und bitte sag das nicht nur so daher, wenn du es nicht auch möchtest.« Ich versuchte einen flehenden Blick aufzusetzen.

»Das ist mir genauso wichtig, wie dir.« Er setzte einen schelmischen Blick auf. »Du sahst irgendwie lustig aus in diesem Krankenhaushemdchen.«

Ich sah ihn wütend an, bevor er fortfuhr.

»Hatte ich schon erwähnt, dass dieses Teil deinen Körper nicht immer so gut bedeckt hat, wie erwünscht?«

Ich wollte gerade meinen Ellenbogen in seine Rippen piksen, als ich mich plötzlich wieder schwächer fühlte und noch etwas weiter in seine Arme sank. Liebevoll stützte er mich und half mir vorsichtig ins Auto.

»Komm, ich fahre dich wohl lieber zu deinen Freunden«, murmelte er einfühlsam in meine Richtung.

»Bleibst du auch?«

»Wenn ich wirklich niemanden störe, wäre mir das lieber, als noch auf Hotelsuche zu gehen.«

»Das fände ich schön. Nach meiner Lesung können wir ja einen gemeinsamen Flug nach Hause nehmen.«

»Können wir, aber über deine Lesung reden wir morgen früh noch mal, wenn wir beide ausgeschlafen sind.«

Der Umgang mit ihm fühlte sich jetzt, wo alles geklärt war, viel unkomplizierter an. Während der Fahrt betrachtete ich die Innenstadt, die schon im Dunkeln lag, um festzustellen, dass sich Großstädte bei Nacht, gar nicht so sehr voneinander unterschieden. Die Dichte der Hochhäuser war unbeschreiblich und in den Unmengen von Fenstern brannten schon die Lichter, was das Gesamtbild noch beeindruckender wirken lies. Auch wenn ich bisher wenig in New York unterwegs war, sehnte ich mich in meine Wahlheimat zurück.

»Woran denkst du?«

»An New York und wie viel lieber ich die Stadt dort erobern und mir endlich Zeit zum Schreiben nehmen würde, als hier zu sein. Allerdings will ich auf keinen Fall in mein Apartment zurück.«

»Ich hätte ein Zimmer frei, welches ich dir untervermieten könnte.«

»Wirklich?«, unterbrach ich ihn freudig.

»Wieso willst du aus deiner jetzigen Bude ausziehen?«

»Na ja, der Gedanke, dass Michael weiß, wo ich wohne, macht es für mich unerträglich in mein altes Apartment zurück zu gehen. Allerdings habe ich über eine Wohnge-meinschaft nie wirklich nachgedacht. Die Idee finde ich erst mal nicht schlecht. Bekomme ich Bedenkzeit?«

Er schwieg einen kurzen Moment und schien sich den nächsten Kommentar verkneifen zu wollen.

»Solange du möchtest.«

»Danke, das ist superlieb von dir, ich kann im Moment einen guten Freund sehr gut gebrauchen.«

Er strich mir kurz über mein Haar und ich genoss diese Berührung. Die restliche Fahrt verhandelten wir über einige Regeln für unsere WG, um ein Zusammenleben für uns so unkompliziert wie möglich zu machen. Dieses zwanglose Herumspinnen ließ mich für diesen Augenblick alles andere vergessen.

Kapitel 30

Als wir etwas außerhalb von L.A. vor dem Haus meiner Freunde hielten, war ich positiv überrascht, da ich zum ersten Mal zu Besuch war. Sie wohnten tatsächlich in einem dieser Häuser, wie die Familien aus den ganzen US-Serien. Damit hatte ich, warum auch immer, gar nicht gerechnet. Sie hatten einen dieser Vorgärten, der hauptsächlich aus einer großen Rasenfläche bestand. Der Weg zur Haustür war von einigen Blumen und Sträuchern gesäumt.

Die beiden erfüllten das Klischee von unseren deutschen Vorstellungen für amerikanisches Familienwohnen am Stadtrand perfekt. Das Haus selbst war weiß mit einer kleinen Veranda, an der vier Säulen emporragten. Ich fühlte mich sofort heimisch, obwohl ich noch nie in einem solchen Haus zu Besuch war. Die Einfahrt war im Moment mit zwei Autos belagert und bot daher keinen Platz mehr für uns, weshalb wir am Straßenrand parken mussten.

Durch die großen Fenster wurden wir sofort entdeckt, die Tür öffnete sich und Luis kam uns auch schon entgegen. Er half Ben mit dem Gepäck, während ich mich mit meiner Handtasche auf den Weg ins Haus machte und im Vorbeigehen noch Luis aufgesetzt bösen Blick erntete.

»Du weißt schon, dass ich es nicht gut finde, dass du früher aus dem Krankenhaus gegangen bist.«

Ich warf ihm einen Flugkuss zu und beachtete ihn nicht weiter. Im Flur warteten Fabi, Megan und auch Jake, die ich alle länger als normal in die Arme schloss. Na ja, bei Jake geriet ich ins Zögern, aber er zog mich, ohne darüber nachzudenken, ganz selbstverständlich zu sich rüber und drückte mich.

»Geht es dir gut?«, hauchte er mir ins Ohr. »Ich habe mir sehr große Sorgen gemacht.«

»Ich denke, ich bin okay.« Ich stieß mich von ihm weg und sah ihm ernst in die Augen.

»Platz da!« Luis kam mit meinem Koffer durch die Tür gestolpert. »Sei ehrlich, du wirst bei uns einziehen, oder wozu hast du deinen Koffer sonst so vollgepackt?« Er zwinkerte mir zu und rollte das gute Stück unter die Garderobe. Ben kam etwas zögerlich hinterher und blieb im Türrahmen stehen. An Jakes seitlichen Blick konnte man sofort erkennen, dass er nicht sonderlich erfreut über dessen Anwesenheit war. Um es Ben einfacher zu machen, und weil er mir leidtat, zog ich ihn einfach ins Haus.

»Hey Fabi, zeigst du ihm, wo alles ist?«, fragte ich geradeheraus.

Sie reagierte sofort.

»Klar komm rein, ich zeige dir dein Zimmer. Es ist schon alles vorbereitet. Emmas Freunde sind uns immer willkommen, fühl dich wie zu Hause und gib Bescheid, wenn du was brauchst.«

Sie zog ihn am Ärmel Richtung Treppen.

»Komm mit. Wo steckt eigentlich dein Gepäck?«

Er schien sich über die freundliche Art sehr zu freuen und folgte ihr. Ich ging mit den anderen ins Wohnzimmer und ließ mich auf die große Couch sinken, während ich mir die moderne Einrichtung, die doch eher kühl wirkte, genauer ansah. Megan setzte sich zu mir.

»Ist es nicht blöd für die beiden, wenn Ben bei dir im selben Haus schläft und ich gleich mit Jake ins Hotel fahre? Jake wirkt sehr angespannt, du solltest da bald mal für Klarheit sorgen.«

Mein Grinsen war so breit, dass es sie blenden musste.

»Habe ich schon. Hatte eben ein gutes Gespräch mit Ben. Unsere Gefühle füreinander sind freundschaftlich, das ist ihm und mir klar geworden und alles Weitere ist auch geklärt.«

Megan atmete erleichtert auf.

»Na endlich! Aber wieso ist er hier?«

»Ich habe es einfach nicht übers Herz gebracht ihn wegzuschicken, weil er doch extra meinetwegen gekommen ist. Abgesehen davon sind wir jetzt Freunde und so springt man mit denen nun mal nicht um.«

Sie nickte verständnisvoll.

»Soll ich dir einen Tee kochen? Fabi hat gesagt, wir sollen uns alle heimisch fühlen.«

»Ein Kaffee wäre mir lieber!«

Sie verschwand in der offenen Küche, in der ich dem munteren Geplapper gut zuhören konnte. Ich schob mir die Kissen zurecht und versuchte, mich in einer einigermaßen entspannten Position hinzusetzen. Jake brachte mir meinen Kaffee, während in der Küche eine hitzige Diskussion gestartet war, ob ich die Lesung halten oder lieber absagen sollte. Ich nahm die viel zu volle Tasse entgegen und versaute mir meine einzige Sweatjacke.

»Sorry, die ist mir wohl ein bisschen zu voll geraten.«

Seit ich ihn das erst mal im Krankenhaus wiedergetroffen hatte, redete er so unnatürlich sanft mit mir. So als wäre ich aus Porzellan und würde bei lauten Tönen zerspringen. Er setzt sich zu mir und beobachtete, wie ich vorsichtig vom Rand meines Kaffees nippte.

»Hast du Schmerzen?«

»Nein, es ist alles okay, im Moment stehe ich auch noch unter Schmerzmitteln.«

»Dann ist ja gut und ab morgen wurdest du bestimmt mit einem Rezept versorgt.«

»Stimmt«, gab ich knapp zurück.

Seine Hand hob sacht meinen Kopf an.

»Bitte weich mir nicht immer aus, ich möchte für dich da sein. Es tut mir auch unendlich leid, dass ich dem dummen Geschwätz von Michael geglaubt habe und mich dir gegenüber wie ein Idiot verhalten habe.«

Mein Herz schlug bei diesen Worten etwas schneller und seine warmbraunen Augen sahen mich mitfühlend und erwartungsvoll an. Diese Wärme, die sich in mir ausbreitete, gab mir mal wieder das Gefühl von Geborgenheit. Ich wurde von meinen Gefühlen überrollt und wusste überhaupt nicht mehr, was ich sagen sollte, und war heilfroh, dass er mir zuvorkam.

»Bist du mir sehr böse?«

Schüchtern schüttelte ich den Kopf. »Du hast mich mit deiner Art sehr verletzt und damit hatte ich nach unserem gemeinsamen Abend nicht gerechnet, weil für mich alles so perfekt war. Aber ein ganz klein wenig kann ich auch deine Situation verstehen.« Na ja, mein Verständnis war wirklich auf einen kleinen Hauch beschränkt, weil er mich ja nur darauf hätte ansprechen müssen.

Er wollte auf meine Antwort hin seine Hand wegziehen und ein Stück von mir wegrutschen, aber auf seinen Rückzug reagierte ich blitzschnell und hielt seine Hand fest umschlossen. Selbst von mir überrascht, löste ich meinen Griff sofort wieder.

»Bitte nicht zurückziehen.«

Er stoppte in der Bewegung und beobachtete mich genau. Ich kann nicht erklären wieso, aber aus einem spontanen Reflex heraus oder auch, weil ich nicht wollte, dass er aufstehen würde, kam ich ihm ein Stück entgegen und behielt ebenfalls seine Reaktion genau im Auge. Er sah gestylt verwuschelt aus und wirkte überrascht, wenn nicht sogar etwas irritiert. Ich war jetzt so nah an seinem Gesicht, das kaum ein Blatt Papier zwischen uns gepasst hätte.

Wenn ich seine Reaktion richtig deutete, wirkte er mir gegenüber nicht abgeneigt und so berührten meine ganz vorsichtig seine vollen warmen Lippen. Seine Augen funkelten glücklich, was mir die Sicherheit gab, das Richtige zu tun. Während der Kuss zaghaft gestartet hatte, erwiderte er ihn mittlerweile leidenschaftlich. Für einen Moment stand meine Welt still und ich genoss es, wie seine Zuneigung mich durchflutete. Als wir uns voneinander lösten, legte ich meinen Kopf auf seiner Brust ab und hörte seinem gleichmäßigen Herzschlag zu.

»Bleibst du heute bei mir?«

Er streichelte meinen Rücken.

»Und was ist mit diesem Ben?« Er richtete sich auf und sah in Richtung Küche. »Ich hatte im Krankenhaus das Gefühl, dass er mehr als nur Freundschaft für dich empfindet.«

Nicht schon wieder! Ich hob meinen Kopf und küsste ihn zärtlich.

»Er ist ein guter Freund, der sich Sorgen macht, mehr ist da nicht und das ist beidseitig so!«

Er wirkte erleichtert, also zog ich ihn wieder ganz neben mich auf die Couch und kuschelte mich an ihn.

Am Morgen fielen ein paar Sonnenstrahlen durch die Fenster, die mich sanft weckten, und die Tatsache, dass ich noch genauso in Jakes Armen lag, wie am Abend zuvor, ließ mich auch innerlich erwärmen. Er hatte sich nicht getraut, sich bequemer hinzulegen, denn erst jetzt fiel mir auf, dass seine Haltung eher der meinen angepasst und bestimmt nicht sonderlich bequem war. Er atmete gleichmäßig und seine gepflegten Hände lagen ruhig auf meinem Körper. Er sah so friedlich aus, wie er dalag, und ich ließ meine Finger durch sein weiches Haar gleiten. Er streckte sich langsam und öffnete die Augen, wobei sich sein Gesicht sofort in ein glückliches Strahlen verwandelte.

»Sorry, ich wollte dich nicht wecken«, hauchte ich ihm entgegen.

Mit einem Kuss beendete er meinen Satz.

»Hast du gut geschlafen?«

Ich nickte, weil ich mich in seiner Gegenwart außergewöhnlich wohl in meiner Haut fühlte. Aus der Küche hörte man die Kaffeemaschine, die wohl auch schon bessere Zeiten erlebt hatte und sich recht laut damit abmühte, das schwarze Gebräu für uns herzustellen. Zusätzlich begann es, leicht süßlich nach Frühstück zu schnuppern, und da ich die letzten beiden Tage kaum etwas gegessen hatte, hob ich leicht den Kopf, in der Hoffnung einen kleinen Blick auf die Vorbereitungen werfen zu können. In der Küche war schon gut was los. Fabi, die den nassen Haaren nach eben aus der Dusche gehüpft war, stand in ihrer Jogginghose und einem eng anliegenden T-Shirt, welches ihre Oberweite optimal in Szene setzte, am Herd. Allein dieser Anblick war so überhaupt nicht sie, da ich sie ansonsten nur top gestylt und unternehmungslustig kannte.

Megan ging ihr, wie immer hilfsbereit, zur Hand und die Kleine versuchte, zwischen dem Gewusel die Aufmerksamkeit der beiden auf sich zu ziehen. Ich war hin- und hergerissen, ob ich mir eine Dusche gönnen sollte oder vielleicht mal die Vorbereitungen, die so herrlich dufteten, begutachten sollte. Ein echt amerikanisches Frühstück wäre jetzt ein Traum.

Jake, der noch mal kurz die Augen geschlossen hatte, bekam noch schnell einen Kuss. Ich schlängelte mich vorsichtig aus seiner Umarmung und setzte mich an den Couchrand. Das Schmerzmittel wirkte nicht mehr richtig und mein leicht pochender Kopf holte mich viel zu schnell in die Realität zurück. Vorsichtig wollte ich aufstehen, als seine Hand mich von der Taille rüber zum Bauch streichelte und mich sachte zurückzog.

»Schmerzen?«

Ich nickte.

»Ein wenig.«

Er setzte sich hinter mich, kuschelte mich an und umschlang liebevoll meinen Körper.

»Wenn du mir sagst, wo du das Rezept versteckt hast, fahre ich schnell zur Apotheke.«

»Und wenn ich nicht will, dass du gehst?« Ich grub meine Hände in seine.

»Guten Morgen, wenn ihr möchtet, übernehme ich diese Aufgabe. Fabs braucht eh frische Blaubeeren für die Pancakes.«

Luis stellte uns zwei Tassen Kaffee auf den Wohnzimmertisch.

»Du hast uns doch nicht belauscht?« Fragend sah ich zu ihm rüber, aber er ignorierte meine Frage.

»Wo ist denn das Rezept?«

»Ich habe es gestern in meine Handtasche gestopft. Ich glaube, es könnte in meinem Notizbuch sein. Und Luis, du bist ein Schatz. Danke!«

Luis durchwühlte unsanft meine Tasche. »Immer noch das altgewohnte Chaos.« Er schien sehr belustigt über die Tatsache, dass sich manche Sachen wohl nie änderten.

Normalerweise hätte ich jetzt zu gerne zu einem Contra ausgeholt, aber ich war allem so dankbar für ihre Hilfe, dass ich dieses Mal gut darauf verzichten konnte. Es dauerte nicht allzu lange, bis sich nun auch der Rest der Truppe zu uns gesellte. Der Einzige, der noch fehlte, war Ben.

»Schläft Ben noch?«, wollte ich wissen.

Die Mädels überschlugen sich fast beim Antworten, wobei Fabi Megan dann doch den Vortritt ließ.

»Er ist mir eben auf dem Weg vom Bad zurück in sein Zimmer über den Weg gelaufen. Nur mit einem Handtuch umwickelt, das war wirklich ein Anblick für die Götter.«

»Nicht, dass du dich noch für ihn interessierst?«

Sichtlich verärgert sah sie mich an. »Also, das meinst du doch jetzt nicht ernst.«

Beschwichtigend hob ich meine Hände, konnte mir aber mein Grinsen nicht ganz verkneifen, weil Fabi sich auch schon herrlich amüsierte. »Sorry, ich wollte dich nicht ärgern.«

Ben kam genau in diesem Moment um die Ecke, bog kurz in die Küche ab, um sich einen Kaffee zu holen, und kam dann zu uns rüber, wo wir ihn alle anstarrten. »Guten Morgen, alles OK bei euch? Oder habe ich was verpasst?«

Er schob sich einen freien Sessel zurecht, drehte diesen in unser aller Richtung und ließ sich sehr lässig darauf nieder. Sein Blick streifte Jake und mich, wie wir Arm in Arm, noch immer auf der Couch lagen. Nach einem kurzen Augenkontakt fragte er mich, wie der weitere Ablauf geplant war.

»Wann fliegen wir endlich zurück nach New York?« Während er das *wir* aussprach, hörte Jakes Hand für den Bruchteil einer Sekunde auf, mich zu streicheln, und er bekam sofort meinen verwunderten Blick zu spüren und fuhr mit den zarten Streicheleinheiten fort.

Megan ergriff das Wort.

»Die Lesungen starten heute am frühen Nachmittag und ich brauche noch dein Okay, dann würde ich mich mit der Geschäftsführung besprechen und mitteilen, dass wir deine Lesung heute absagen.«

Eine kurze unangenehme Stille entstand, da alle auf meine Reaktion warteten.

»Hm? Ich weiß ehrlich gesagt nicht so richtig, was ich jetzt tun soll. Warum auch immer habe ich das Gefühl, ich sollte diese Lesung halten, andererseits fühle ich mich auch blockiert. Welchen Grund könnte man denn für eine Absage verwenden?«

»Wie wäre es mit der Wahrheit?«, schlug Ben vor.

»Ich weiß nicht. Vielleicht behalte ich das Ganze lieber für mich.« Diesen Satz hätte ich mir besser gespart, denn die Stimmung heizte sich auf einmal zu einer ausgewachsenen Diskussion auf.

»Du willst diesen Mistkerl also einfach weitermachen lassen?« Luis, den ich schon fast vergessen hatte, da ich dachte, er wäre schon auf dem Weg in die Apotheke, mischte sich zum ersten Mal in dieses Thema ein.

»Ich dachte mir, vielleicht wechsle ich den Verlag oder so was in der Art. Dann hätte ich ja keine weiteren Berührungspunkte mehr mit ihm.«

Okay, vielleicht hätte ich dieses Thema nicht in der Gruppe besprechen sollen, denn jetzt hörte Jake abrupt auf mich zu streicheln und setzte sich aufrecht neben mich.

»Das wäre mehr als feige von dir«, blaffte mich Luis erneut an und ich fühlte mich getroffen von einem meiner ältesten Freunde so direkt angegriffen zu werden.

Ich kämpfte damit, meine Tränen zu unterdrücken, und atmete tief durch, auch wenn das diesmal in keiner Weise weiterhalf.

»OK, ich würde sagen wir buchen nachher unseren Rückflug und du kannst dich ein paar Tage bei mir zurückziehen und erst mal alles in Ruhe überdenken. Dann findet sich bestimmt eine Lösung.« Wow, Bens Vorschlag kam jetzt ziemlich ungelegen, auch wenn er es vielleicht gut meinte, starrten mich jetzt alle an und ich war froh, dass ich wieder in meine Ecke gekuschelt war, dass ich nicht auch noch Jakes Blick ertragen musste.

»Du solltest auch bedenken, dass du sehr wahrscheinlich bei der Lesung auf Michael treffen würdest«, warf Fabi jetzt ein und wurde sofort von Megan gestoppt.

»Nein, das kann nicht passieren.« Sie wirkte mit einem Mal ziemlich unsicher und rutschte unruhig hin und her. »Ich habe diesen Vorfall der Geschäftsführung gemeldet und Michael wurde heute zu einer Besprechung zurück in den Verlag gerufen.«

»Wie bitte?« Meine Frage klang wie ein leichtes hysterisches Quietschen. »Wann hast du das denn gemacht und wieso hast du nicht vorher mit mir geredet?«

Sie senkte den Kopf. »Mir war schon klar, dass du diese Idee nicht besonders gut finden würdest, aber ich konnte nicht anders, also habe ich gestern eine Telefonkonferenz erbeten und dabei die Problematik erläutert. In der Redaktion waren alle geschockt und sehr verständnisvoll, daher wäre es bestimmt auch kein Problem, eine kleine Auszeit zu nehmen.«

Ich schüttelte nur den Kopf und während mir jetzt doch ein paar Tränen über die Wangen liefen, lehnte ich mich noch weiter in mein Kissen zurück. »Ich muss nachdenken«, knurrte ich mürrisch und wie durch eine Aufforderung löste sich diese kleine Versammlung.

Lediglich Jake, der auch aufstehen wollte, wurde von mir sanft zurückgehalten. »Bitte bleib.«

Er gab mir einen zärtlichen Kuss und lehnte sich wieder zurück. »Deine Freunde machen sich alle Sorgen, das weißt du doch und jeder versucht auf seine ganz eigene Weise dich zu unterstützen.« Er wischte mir ganz leicht meine Tränen aus dem Gesicht.

»Aber wieso soll ich sofort entscheiden, wie ich das alles handhaben möchte? Na ja, eigentlich hat Megan mir schon ungefragt meine Entscheidung abgenommen.«

»Eigentlich hat sie erst mal nur dafür gesorgt, dass Michael weit genug von dir entfernt ist«, stellte er fest.

Ich nickte zaghaft.

»Darf ich dich noch etwas anderes Fragen?«

Ich sah ihn verwundert an.

»Ja klar.«

»Willst du bei diesem Ben vorübergehend einziehen?«

Schlagartig wurde mir bewusst, dass dies so mit ihm besprochen war, weil ich ja erst mal nicht mehr zurück in mein Apartment wollte. Seitdem, auch wenn es nicht so lange her war, hatte ich aber endlich zu Jake gefunden und das änderte alles. Zumindest hoffte ich das.

»Das war ursprünglich mein Plan gewesen. Michael weiß bestimmt durch Megan, wo ich wohne, und ich habe Angst, dass er nach der ganzen Aktion irgendwann bei mir vor der Tür steht. Als Ben mir angeboten hatte, dass wir eine Art Wohngemeinschaft gründen könnten, war das die perfekte Lösung.«

Er nickte bloß und sah ziemlich in Gedanken verloren aus. »Ich hätte da spontan eine ganz andere Idee. Normalerweise wollte ich mich doch weiter mit meiner Mutter treffen und noch ein paar Tage bleiben, aber im Moment ist mein einziger Wunsch mit dir zurückfliegen. Meine Mutter ist ein toller Mensch und nachdem Nora schon von dir erzählt hatte und ich dich hier und da auch erwähnt habe, wird sie bestimmt Verständnis haben, wenn ich unsere weiteren Treffen verschieben werde.«

Erstaunt sah ich ihn an, aber er erzählte einfach weiter.

»Zwar hatte ich nicht vor in nächster Zeit mit einer Frau zusammenzuwohnen, aber du hast meine Welt total auf den Kopf gestellt und da ich weder möchte, dass du zu Ben ziehst, noch, dass du im Moment allein bist, fände ich es schön, wenn du vielleicht erst mal mit zu mir kommst.« Er drehte meinen Kopf so zu sich, dass ich ihm genau in die Augen sah. »Ich möchte für dich da sein und jede freie Minute mit dir verbringen ...«

Ich unterbrach ihn mit einem kurzen intensiven Kuss. Mein breites Lächeln war für ihn wohl Zustimmung genug und wurde seinerseits durch einen Kuss erwidert.

»Dann kannst du in Ruhe überlegen, wie es weitergeht. Ganz ohne Druck.«

Die Idee gefiel mir gut, auch wenn ich ein wenig positiv aufgewühlt war, weil sich in letzter Zeit alles so rasant schnell entwickelt hatte.

»Okay, aber dann werde ich später noch mit Ben reden müssen. Und du bist dir sicher, dass deine Mama dir nicht böse sein wird?«

»Ich bin mir ganz sicher. Wenn du sie das erste Mal kennenlernst, wirst du verstehen, warum.«

Okay, auch wenn das erst mal geklärt war, blieb die Frage offen, was ich jetzt mit der Lesung machen würde. Während ich mich an Jake schmiegte, kam mir meine Idee wieder in den Sinn. Ob Fabi noch mal für mich einspringen würde? Dann könnte ich in aller Ruhe als Zuschauer dabei sein und müsste den Termin nicht absagen.

Ich schnappte mir mein Handy und schrieb Fabi eine kurze SMS. Als ich sie abschickte, schob ich meinen Kopf nur so weit über den Sofarand, dass ich ihre Reaktion von hier aus gut beobachten konnte. Sie machte fleißig Pancakes, als ihr Handy vibrierte und sie den Pfannenwender an Megan weitergab, um die Nachricht zu lesen. Als sie meine Nachricht gelesen hatte, zeigte sie sie Megan und beide warfen einen Blick zu mir rüber und mussten lächeln. Okay, sie legten eine Backpause ein und kamen mit ihren Kaffees in der Hand zu uns rübergeschlendert.

»Frühstück schon fertig?«, fragte ich frech.

»Erstaunlich, wie schnell du wieder zu deiner alten Form findest«, stellte Fabienne fest.

»Würdest du mir diesen Gefallen tun?«

»Ja klar, gerne. Allerdings habe ich heute keine Betreuung für die Kleine und wollte Luis gerne als deinen Bodyguard mitnehmen.«

»Ist doch super, dann habe ich ein Kind, um mich als Mama getarnt in Jakes Lesung zu mogeln.«

Fabi musste lachen.

»Na gut, dann hätten wir das ja geklärt. Darf ich dir jetzt dein Frühstück fertig zubereiten?«

Ich warf ihr einen Flugkuss hinterher und wollte dann noch kurz mit Megan reden.

»Megan? Fliegen wir morgen alle zusammen zurück?«

»Du meinst, ich soll mich um den Flug kümmern?« Sie zwinkerte mir zu. »Bist du mir sehr böse, dass ich so voreilig war?«

»Jein, aber bitte rede in Zukunft mit mir, bevor du Sachen regelst, die mich betreffen.«

»Mache ich, versprochen. Dann also vier Tickets zurück in die Heimat. Wird erledigt!«

Jake nickte ihr zu. »Dann geht es endlich zurück nach New York. Die letzten Tage waren für uns alle so aufregend, dass auch ich mich mehr denn je nach Hause zurücksehne.«

Das sah ich ganz genauso. *Endlich zurück nach New York!*

Kapitel 31

Zum Glück war die Landung nach diesem leicht turbulenten Flug von über fünf Stunden endlich überstanden. Die Maschine, auch wenn die Crew uns mehrfach versichert hatte, dass alles in bester Ordnung wäre, hatte sich angehört, als würde sie jeden Moment auseinanderfallen. So waren wir alle froh, endlich wieder festen Boden unter den Füßen zu haben. Mit Ben hatte ich nach der Lesung in aller Ruhe über die aktuelle Situation zwischen Jake und mir geredet. Ich hatte versucht, ihm möglichst einfühlsam zu erklären, dass ich erst mal bei Jake unterkommen würde. Ben nahm das Ganze gewohnt locker auf, ließ mich aber wissen, dass sein Angebot für eine Wohngemeinschaft weiter bestehen bliebe und ich ihn jederzeit anrufen könnte. Zusätzlich hatte er sich bereit erklärt, genau wie Jake und Megan, sofort zu helfen, meine jämmerlich wenigen Sachen aus meinem Apartment zusammenzupacken, sodass ich heute noch mit diesem Thema abschließen konnte. Jetzt blieb lediglich noch die Kündigung offen, die ich mir für später vorgenommen hatte.

Die beiden Männer gaben sich zudem Mühe, entspannt miteinander umzugehen. Wobei ich mir beim besten Willen nicht vorstellen konnte, dass es irgendjemanden gab, der nicht mit Jake klarkommen würde. Diese offene Art beeindruckte mich jedes Mal aufs Neue. Nachdem wir alle Kontrollen durchlaufen hatten und eine gefühlte Ewigkeit auf unser Gepäck gewartet hatten, welches eigentlich wie immer ganz am Schluss kam, schlenderten wir Richtung Ausgang. Megan, mein Organisationstalent, hatte beim Buchen auch sofort einen Mietwagen reservieren lassen. Nun versuchten wir zwanghaft, das gesamte Gepäck von vier Personen in den eigentlich viel zu kleinen Kofferraum zu quetschen.

Als wir uns endlich an diesem klaren leicht sonnigen Tag vom Flughafen entfernten, konnte ich am Horizont einen sehr klein wirkenden Teil der Skyline von New York erkennen und fühlte mich auf einmal, als wäre ich nach einer langen Zeit endlich wieder nach Hause gekommen. Auch wenn man ehrlicherweise nach einer so kurzen Zeit noch lange nicht von zu Hause reden konnte, war ich wieder da angekommen, wo ich ursprünglich hinwollte, bevor sich der Verlauf der letzten Tage komplett selbstständig gemacht hatte. Voller Vorfreude ergriff ich Jakes Hand.

»Ich freue mich, endlich wieder hier zu sein.«

»Das geht mir genauso, jedes Mal, wenn ich nach einer Reise zurückkomme, zieht mich der Zauber von dieser Stadt wieder in seinen Bann.«

Ich nickte Jake zu und war total happy hier zu sein, und tatsächlich jemanden an meiner Seite zu haben, dem es in vielen Dingen ähnlich ging wie mir. Aus dem Rückspiegel sah ich Megans fröhlichen Blick, sie schien sich auch zu freuen, zurück zu sein. Wie selbstverständlich fuhr sie den Weg zu meinem Apartment und fand glücklicherweise sofort einen Parkplatz ganz in der Nähe.

Auf dem schmalen Weg ergriff Ben, der jetzt lange sehr still gewesen war, das Wort. »Hat sich einer von euch vorher mal Gedanken gemacht, wie wir Emmas Sachen, in das jetzt schon viel zu volle Auto packen wollen?«

Megan und ich mussten kichern, bevor ich ihm antworten konnte.

»Mein Umzug bestand lediglich aus zwei Koffern und hier habe ich mir noch nicht wirklich was dazu gekauft, also bekommen wir das schon hin.«

»Oh, ich dachte, wenn eine Frau umzieht, dann mit reichlich Gepäck.«

Beide Männer starrten mich verwundert an.

»Na ja, meine Eltern und Freunde wollten nach und nach noch weitere Sachen von mir mitbringen, wenn sie mich besuchen.«

Als wir vor der Tür ankamen, geriet ich ins Stocken. Es war doch ein eigenartiges Gefühl, jetzt vor diesem Apartment zu stehen, was nur als kurzfristiges Zuhause gedient hatte.

»Ah, das habe ich ganz vergessen zu erzählen. Ich habe mit dem Eigentümer telefoniert und da es in New York immer etwas schwierig ist ein Apartment zu finden, wird er versuchen, es sofort weiterzuvermieten, in dem Fall könntest du früher aus dem Vertrag raus und müsstest nicht noch weiter Miete zahlen«, plapperte Megan los.

»Wow, das wäre ja super. Ich bin froh, auch wenn nicht alles so gelaufen ist, wie ich es mir erhofft hatte, dass sich doch alles zum Positiven wendet«, gab ich fröhlich zurück.

Während wir hineingingen, packte Jake mich von hinten und küsste mich sanft auf den Nacken. »Und ich passe in

Zukunft auf dich auf,« flüsterte er mir ins Ohr, während ein angenehmer Schauder mich durchflutete.

»OK Leute, wo fangen wir an?« Ben hatte entweder genug von unserem Rumgeturtel oder wollte nun auch endlich mal nach Hause.

Na ja, ganz so viel gab es nicht zu tun. Ich wies Megan an, die paar Dekorationsartikel, die wir gemeinsam gekauft hatten, in eine Tüte zu stopfen. Ben war dafür zuständig alle Notizbücher, Laptop und Reiseführer zusammenzusuchen. Jake folgte mir ins Schlafzimmer.

»Ich hatte mir dein Apartment ganz anders vorgestellt.«

»Na ja, ich habe nur ein paar Tage hier gewohnt und daher keine Zeit, um meinen eigenen Stil sichtbar zu machen«, verteidigte ich mich.

Nachdem ich hektisch alles zusammengesucht und lieblos in meinen Koffer gestopft hatte, da ich diesen Ort nicht ganz so ordentlich verlassen hatte, stand Jake vor meinem Bett und sah sich meine Lektüre auf meinem Nachttisch genauer an. Unschuldig ging ich zu ihm rüber und gab ihm einen Stups, sodass er auf meinem Bett Platz nehmen mussten.

Ich setzte mich vorsichtig auf ihn und stellte ihm verhalten eine Frage. »Bist du dir sicher, dass du mich bei dir wohnen lassen möchtest. Vielleicht bin ich ja total nervig und du hast ganz schnell die Nase von mir voll?«

Er wirbelte mich von sich runter, sodass ich unsanfter als beabsichtigt auf dem Rücken in meinem Bett landete und mir dadurch mein Arm schmerzte. Ich verzog leicht das Gesicht.

»Oh, sorry. Ich wollte dir nicht wehtun.«

Er beugte sich leicht über mich und strich mir liebevoll über meine kleine Wunde an der Stirn.

»Ähm, eigentlich geht es um meinen Arm.«

Vorsichtig zog er mein Shirt an dieser Stelle etwas herunter, um mich an dieser Stelle entschuldigend zu küssen. Als er aber erstmals die mittlerweile leicht bläuliche Druckstelle sah, blieb er mitten in der Bewegung stehen.

»Das muss ziemlich wehtun, nimmst du noch die Schmerztabletten?«

»Ja, aber nur das Nötigste.«

»Zuhause habe ich eine gute Creme, die hat mir meine Mutter mal nach einer Sportverletzung mitgebracht, die war mir eine große Hilfe. Damit werde ich dich später eincremen, du wirst erstaunt sein, wie schnell es dir besser gehen wird.«

Ich zog mein Shirt gerade wieder hoch und wollte mit einem *Nö, danke!* antworten, als Megan hereinkam.

»Ups, störe ich euch? Wir sind soweit fertig, alles liegt gestapelt im Wohnzimmer und kann verstaut werden.«

Ich drehte mich seitlich von Jake weg, um meinen Koffer ins Wohnzimmer zu rollen und meine letzten Kleinigkeiten noch hinein zu räumen, als Jake mir zuvorkam.

»Du sollst doch noch langsam machen«, mahnte er mich. Ich versuchte ihn genervt anzugucken, aber ein Blick in diese braunen Augen und schon konnte ich nicht länger standhalten und gab auf.

»Okay, wie du meinst.« Ich tigerte voraus und stellte fest, dass ich für einen ›Komplettumzug‹ wirklich kaum Sachen besaß. Schnell packte ich alles ein und war bereit, mich von diesem Apartment zu verabschieden.

»Ich wäre dann so weit.«

Ich schloss hinter uns ab und steckte den Schlüssel zurück in meine Tasche.

Kapitel 32

Wir hatten Ben soeben abgesetzt und steuerten jetzt Jakes Haus an. Ich war unglaublich nervös und rutschte neben meinem zweiten Koffer, den wir aus Platzgründen neben mich gestellt hatten, unruhig hin und her. Ob es so eine gute Idee war, erst mal zu Jake zu ziehen? Ob er wohl genug Platz für zwei Personen hatte? In meine Gedanken vertieft, betrachtete ich die Umgebung, als seit Langem mein Handy mal wieder klingelte.

»Willst du nicht ran gehen?« Megan holte mich zurück aus meinen Gedanken.

»Ich kenne die Nummer nicht und habe auch nicht wirklich Lust zu telefonieren.«

»Ich könnte mir aber denken, wer dich anruft, also geh bitte ran.«

Erstaunt suchte ich ihren Blickkontakt im Rückspiegel und musste zum ersten Mal feststellen, dass sie meinem Blick gezielt auswich. Etwas unsicher nahm ich das Gespräch entgegen.

»Hi.« War das einzige, was ich rausbrachte.

»Ms. Bergmann? Hier spricht Peter McCord, ich gehöre zur Geschäftsführung Ihres Verlags und würde gerne mit

Ihnen über die Geschehnisse mit Michael Stevens und dem weiteren Verlauf unserer Zusammenarbeit reden. Sind Sie schon zurück in New York?«

Mir wurde ganz schlecht bei dem Gedanken an ein Gespräch, bisher war ich so unendlich dankbar gewesen, dass keiner meiner Freunde mich nach Details gefragt hatte und ich das Ganze vorerst verdrängen konnte.

Mr. McCord ließ aber auch nach einer kurzen Pause meinerseits nicht locker.

»Es wäre uns wirklich sehr wichtig, zu diesem Vorfall Stellung zu nehmen und uns bei Ihnen aufrichtig zu entschuldigen, da wir Ihre Buchprojekte auch gerne weiterhin betreuen würden. Sie waren doch bestimmt auch angenehm überrascht, dass Ihr Buch sich so gut verkaufen lässt. Wann hätten Sie denn Zeit für ein persönliches Gespräch in unserem Verlag?«

Meine Gedanken überschlugen sich und in dem ganzen Wirrwarr hatte ich den Umschlag völlig vergessen. Mein Buch verkauft sich also ganz gut. Sollte ich mich jetzt schon freuen? Ich musste kurz meine Gedanken in eine sinnvolle Reihenfolge bringen und begann zögernd, unter Jakes und Megans Blicken, zu antworten.

»Wir sind eben erst gelandet und ...« Dieser Mann ließ mich noch nicht mal ausreden. Ja, er redete in einem sehr freundlichen Ton mit mir, aber er wollte sich auf keinen Fall abwimmeln lassen.

»Oh, wenn Sie noch unterwegs sind, könnten Sie doch gleich einen kurzen Stopp in unserem Verlag machen. Soweit ich informiert bin, müsste Megan Miller noch an Ihrer Seite sein. Sie kennt ja den Weg zu uns und könnte in einem mitkommen, da dieses Gespräch sie in gewisser Weise auch betrifft.«

»Darf ich Sie in ein paar Minuten zurückrufen, ich werde das kurz mit ihr besprechen.«

Er bestätigte und legte auf. Mein Blick durchdrang Megan, die schon dabei war, noch eine provisorische Parkmöglichkeit zu suchen.

»Du wusstest von diesem Anruf, oder wieso sollte ich ans Telefon gehen?« Meine Stimme klang vorwurfsvoll und verärgert.

»Ich wusste davon, ich hatte heute Morgen eine E-Mail bekommen, in der mir mitgeteilt wurde, dass sie dich heute kontaktieren wollten.«

»Wieso hast du nichts gesagt?«

Jake mischte sich kurz ein. »Ladys, worum geht es jetzt eigentlich und wieso rufst du in ein paar Minuten zurück?«

Mein Durchatmen klang wie ein leichtes Stöhnen.

»Sie wollen, dass ich in die Agentur zu einem Gespräch komme, und ich soll Megan mitbringen, da es wohl auch um sie geht.«

Megan drehte sich vom Fahrersitz zu mir um und sah jetzt ein wenig blasser aus als sonst.

»Ich soll mitkommen? Jetzt? Wieso?«

»Nicht unbedingt jetzt, wenn ich es richtig verstanden habe, ginge es auch morgen. Und ja, ich soll dich mitbringen. Wieso kann ich dir aber leider auch nicht erklären.«

Jakes Blick wechselte zwischen uns beiden hin und her, bevor er uns seine Meinung mitteilte. »Dann lasst uns doch sofort hinfahren, dann seid ihr nicht so lange im Ungewissen und habt es hinter euch. Mit wem hast du telefoniert?«

»Er hieß McCord, oder so ähnlich.«

Jake lächelte und Megan sah auch auf einmal erleichterter aus.

»Oh, Peter ist eigentlich richtig in Ordnung, mit ihm kann man vernünftig reden.«

»Na gut, dann bestätige ich jetzt das wir vorbeikommen?« Während ich das fragte, war ich noch voller Hoffnung, Megan oder Jake würden dagegenreden, aber ich bekam nur ein zustimmendes Nicken, woraufhin ich die Rückruftaste drückte. Mr. McCord ging sofort selbst ran.

»Ms. Bergmann, das ging ja schneller als gedacht. Wann hätten Sie denn Zeit für mich?«

»Also, wenn es Ihnen recht ist, würden wir jetzt kommen.« Ich blickte zu Megan auf, die mir umständlich mit ihren Fingern die Fahrzeit mitteilen wollte. »Ich denke, wenn der Verkehr mitspielt, sind wir in ungefähr dreißig Minuten bei Ihnen.«

Megan nickte zufrieden, dass ich ihr Pantomime-Spiel verstanden hatte.

»Sehr schön, dann gebe ich meiner Sekretärin Bescheid. Sie wird Sie dann sofort zu mir bringen.«

Megan war wieder losgefahren, wobei sie selbst so unkonzentriert bei der Sache war, dass Jake sie schon gefragt hatte, ob er nicht lieber fahren sollte. Aber irgendwie hörte sie ihm überhaupt nicht richtig zu. Selbst meine Nerven spielten verrückt und in meinem Kopfkino ging ich das Gespräch in verschiedene Richtungen durch. Als wir vor einem riesigen Gebäude hielten, eigentlich waren ja mehr oder weniger fast alle Häuser in dieser Stadt außergewöhnlich groß, fuhr Megan hastig in eine Parklücke, die gerade in diesem

Moment frei wurde und hätte fast noch das vor uns parkende Auto geditscht.

»Ich brauche dringend Urlaub«, war ihr Kommentar zu unserem Beinah-Unfall.

Wir stiegen alle drei aus und wie selbstverständlich schnappte sich Jake meine Hand und ging zusammen mit uns zum Aufzug.

»Ich begleite euch bis zum Büro und werde dann auf euch warten.«

Wir fuhren in den siebenundzwanzigsten Stock, folgten einem engen Flur um zwei Ecken, bis wir vor einer großen Glastür ankamen, auf der der Name der Agentur in stilvoll geschwungenen Buchstaben stand. Jake gab mir einen Kuss und nahm mich noch einmal in den Arm, wobei ich ihn am liebsten festgehalten hätte, statt mich zu lösen und in dieses Büro zu gehen. Megan zupfte ungeduldig an meiner Jacke herum.

»Ihr macht das schon!«, sprach Jake uns Mut zu. Ich folgte Megan durch das Büro bis hin zu einem Schreibtisch vor einem gläsernen Raum, indem die Rollos komplett zugezogen waren.

Die Sekretärin freute sich, Megan zu sehen, und begrüßte sie sehr freundlich. »Da seid ihr ja, ihr werdet schon erwartet und könnt gleich durchgehen.«

Megan klopfte und ging durch die Tür, wodurch wir in einem länglichen Raum kamen, der stylish eingerichtet war und an dessen Ende ein durchschnittlich gut aussehender Mann in den Vierzigern von seinem Laptop aufblickte.

»Schön, dass es so schnell geklappt hat.« Er kam uns entgegen, und nachdem er Megan mit einer kurzen Umarmung begrüßt hatte, reichte er mir seine Hand zur Begrüßung. »Es freut mich, Sie endlich einmal persönlich kennenzulernen.«

Seinen eher zaghaften Händedruck erwiderte ich mit gespieltem Selbstvertrauen. »Es freut mich, auch Sie endlich kennenzulernen«, flunkerte ich, da ich bis vor dreißig Minuten von seiner Existenz noch nie gehört hatte und auch wenn ich versuchte mich an die Website der Agentur zu erinnern, hätte ich diesen Mann nie zuordnen können.

Allerdings war ich doch sehr überrascht über Megans Verhalten, die leicht rot geworden war und ihre Leichtigkeit komplett verloren hatte. War sie nervös, weil es ihr Chef war oder, was mir noch viel naheliegender schien, weil sie ihren Chef mehr mochte, als es in einem normalen Arbeitsverhältnis gut war. Ich musterte sie ganz genau, um diese Situation noch besser beurteilen zu können, und sie wich meinem Blick aus.

Mr. McCord fuhr fort.

»Erst einmal muss ich mich für die Unannehmlichkeiten durch unseren ehemaligen Mitarbeiter Michael Stevans entschuldigen. Frau Miller hatte uns aus Los Angeles angerufen und die Problematik erläutert. Dies ist nicht die Art und Weise, wie wir mit unseren Autoren umgehen und ich bin zutiefst erschüttert über das Vorgefallene. Ich möchte Ihnen aber mitteilen, dass wir mit Mr. Stevans ein ausführliches Gespräch geführt haben und die daraus entstandenen Ungereimtheiten führten dazu, dass wir ihn umgehend entlassen haben. Trotz allem, was geschehen ist, würden wir uns sehr freuen, wenn Sie sich auch weiterhin vorstellen könnten bei unserem Verlag zu bleiben und noch weitere Bücher zu veröffentlichen.«

Ich war baff, dieser Mann redete wie ein Wasserfall in einem durch und selbst mein Kopfkino hatte sich dieses Gespräch ganz anders vorgestellt.

»Damit habe ich nicht gerechnet und natürlich bin ich an einer weiteren Zusammenarbeit interessiert.«

»Das höre ich sehr gerne und alles Weitere können Sie dann mit Mr. Stevans Nachfolger besprechen, wobei wir Ihnen erst mal ein paar Tage zum Ausruhen gönnen.« Er legte eine ganz kurze Pause ein und richtete seinen Blick auf Megan. »Jetzt zu Ihnen, Ms. Miller.«

Megans Blick wirkte auf mich sehr unsicher, aber wenn ich beide genauer betrachtete, spielte sich um seinen Mund ein leichtes, vertrautes Lächeln ab. Zaghaft, aber durchaus vertraut erwiderte sie seine Geste.

»Sie arbeiten jetzt schon seit vier Jahren in unserer Agentur und wir sind bisher mit Ihrer Arbeit sehr zufrieden. Deshalb möchte ich auch nicht lange um den heißen Brei herumreden und Ihnen eine Beförderung anbieten, was in diesem Fall der Stelle von Mr. Stevans entspricht.«

Er wartete auf ihre Reaktion, aber noch bevor Megan in irgendeiner Weise darauf antworten konnte, fiel ich ihr bereits um den Hals.

»Das ist ja Wahnsinn, ich freue mich so für dich!«

Langsam taute sie aus ihrer Starre auf und erwiderte meine Umarmung. Sie war so gerührt, dass sie Tränen in den Augen hatte und nur schüchtern zu Mr. McCord rüberging, um ihn ebenfalls kurz zu drücken.

»Ich weiß überhaupt nicht was ich sagen soll, das ist ein tolles Angebot und ich nehme es selbstverständlich gerne an.«

Nach dem in jeder Hinsicht überraschenden Gespräch, verließen wir gut gelaunt das Büro, um den wartenden Jake einzusammeln.

»Ich gratuliere dir und freue mich, dass wir auch weiterhin zusammenarbeiten werden. Das müssen wir die Tage unbedingt feiern!«

Sie lächelte breit, wobei der Anblick ihrer verheult aussehenden Augen irgendwie irritierte.

»Das machen wir auf jeden Fall, aber erst mal brauche ich eine Badewanne, meinen Lieblingswein und viel Schlaf.«

Wir kamen gerade durch die Tür, als Jakes Blicke uns schon prüfend abscannten und er mitfühlend an Megans Gesicht hängen blieb. Ich ging geradewegs auf ihn zu und kuschelte mich an seine Brust.

»Es ist alles gut gelaufen. Megan ist sogar befördert worden und übernimmt jetzt Michaels Stelle. Das heißt, jetzt müssen wir uns immer mit ihr rumschlagen«, scherzte ich.

Sofort traf mich ein Seitenhieb. »Kommt schon ihr beiden, ich bin total fertig und will nach Hause.«

»Was ist eigentlich zwischen dir und McCord? Da war so ein Knistern in der Luft.«

»Emma, ich habe dich wirklich lieb, aber heute bitte nicht mehr«, bekam ich sehr kühl zurück, wobei sie ihr breites Lächeln, welches danach folgte, nicht vor uns verbergen konnte.

·· ♡♡♡ ··

Die Fahrt von der Agentur ging am Central Park vorbei. Ziel war ein Mehrfamilienhaus in Upper East Side, die eine der ruhigeren Wohngegenden in New York sein sollte.

Während ich mir schon lange Spaziergänge mit Jake durch den Park ausmalte, wurde mir bewusst, dass es für ihn bestimmt nicht so aufregend sein würde, da er ja schon einige Jahre in New York lebte. Ich schob diesen Gedanken beiseite. Ich war ganz aufgeregt, endlich zentraler in der eigentlichen City leben zu dürfen und endlich die gesamte Stadt zu erobern. Zwar wusste ich noch nicht, was die Zukunft bringen würde, und ob ich nicht bald schon nach ein paar eigenen vier Wänden die Augen offenhalten musste, aber das spielte in diesem Moment keine Rolle.

Wir hielten an einem alten Haus, wo wir einige Stufen zum Eingang hinaufklettern mussten, um in einen dunklen länglichen Flur zu gelangen. Irgendwie hatte ich mir Jakes Haus viel moderner und heller vorgestellt, wobei das zu ihm auch nicht wirklich gepasst hätte. Megan hatte einen meiner Koffer noch schnell auf die obere Stufe abgestellt, bevor sie sich verabschiedet hatte und ich das erste Mal wieder allein mit Jake war. Ich war ein wenig nervös und unglaublich neugierig, als ich seine Wohnung betreten durfte. Ich ließ meinen Blick kurz herumschweifen, um einen ersten Eindruck zu bekommen. Seine Hände umschlungen mich von hinten und er flüsterte mir ins Ohr.

»Ich hoffe, du fühlst dich bei mir wohl. Wenn du magst, bekommst du eine kleine Führung.«

Sehr zärtlich küsste er danach meinen Nacken. Ich drehte mich halb zu ihm und erwiderte seinen Kuss.

»Gerne, ich bin total neugierig.«

»Und ich nervös, ich hatte schon lange keinen Frauenbesuch mehr, noch dazu mit Gepäck für einen längeren Aufenthalt.«

Diese Aussage verwunderte mich, wobei ich gleichermaßen auch froh darüber war, dass er keinen ständigen Verschleiß an Frauen hatte. Das war auf jeden Fall ein großer Pluspunkt für ihn. Ich folgte ihm weiter durch die Wohnung und betrachtete die teils eigenwilligen Einrichtungsgegenstände, die unter anderem aus bernsteinfarbenen Lampen und einer passenden Lichterkette im Türbogen bestand. Ich redete mir einfach ein, dass es bestimmt Erbstücke seiner Oma wären und für ihn deshalb einen besonderen Erinnerungswert haben mussten. Küche und Schlafzimmer waren glücklicherweise in modernen Farben in einem Mix aus Buche und weiß gehalten, was deutlich freundlicher wirkte. Er stellte meinen Koffer in seinem Schlafzimmer ab. Erst jetzt kam mir der Gedanke, dass wir uns ab heute ein Bett teilen würden und leicht aufgeregt sah ich zu ihm auf.

»Hungrig?«, fragte er mich. »Wenn du magst, gehe ich gleich los und besorge uns etwas zu essen und dann machen wir es uns gemütlich.«

»Gerne. Darf ich in der Zeit deine Dusche benutzen?«

Tadelnd sah er mich an. »Du sollst dich doch wie zu Hause fühlen und kannst machen, was immer du möchtest.« Er küsste mich. »Ich bin in ungefähr zwanzig Minuten zurück.«

»Okay, dann bis gleich.«

Während Jake sich um das Essen kümmerte, nutzte ich die Zeit, mich wieder in einen gut riechenden Menschen zu verwandeln und danach die Wohnung weiter zu erkunden.

Den Abend verbrachten wir gemütlich mit einer großen Auswahl an chinesischen Essen auf der Couch und es war ein komplett neues Gefühl. Jake brachte mich fast durchgehend zum Lachen, und mit ihm in Jogginghose und T-Shirt einfach so rumzulümmeln, war einfach nur schön. Mit seinen verwuschelten Haaren sah er einfach zum Anbeißen aus und ich musste mich wirklich zusammenreißen, ihn nicht ständig zu küssen.

Als wir sehr spät ins Bett gingen, wurde meine unbegründete Nervosität sofort beruhigt, da er sich zwar eng an mich schmiegte und mich liebevoll streichelte, mehr an diesem Abend aber nicht passierte. Ein kleiner Funke der Enttäuschung wich dem angenehmen Gefühl von Geborgenheit. Wir hatten ja alle Zeit der Welt.

Am Morgen erwachte ich deutlich vor Jake und schlich daher leise zu einem der großen Fenster, dessen breiten Sims ich mit ein paar Kissen bequemer gestaltete und kuschelte mich dann in einer Decke umhüllt an meinen neuen Lieblingsplatz. Ich ließ meine Blicke nach draußen schweifen und genoss den Anblick der Frühaufsteher, die jetzt schon auf den Straßen unterwegs waren. Zufrieden atmete ich durch und nahm meine Notizen zur Hand, um diese endlich für mein nächstes Buch zu sortieren. Es waren so viele Ideen, die ich in letzter Zeit aufgeschrieben hatte und die nur darauf warteten, von mir in eine Geschichte verwandelt zu werden. Ich hatte richtig Lust etwas Neues zu starten.

»Hey du, guten Morgen.« Jake stand zerzaust im Türrahmen. »Möchtest du einen Kaffee?«

Ich nickte ihm zu.

»Ich wollte dich nicht wecken, daher dachte ich mir, dass ich vielleicht schon mal ein wenig arbeite.«

Er verschwand für einen kurzen Augenblick in der Küche, kam dann zu mir rüber, gab mir einen sanften Kuss und schnappte sich nebenbei ein paar meiner Notizen.

»Hey, was machst du da?«, fragte ich gespielt empört.

»Lesen.« Mit seinem schelmischen Seitenblick konnte man ihm wirklich nicht böse sein. Er nahm auf der Couch Platz und begann die gerade gestohlenen Seiten durchzublättern.

»Und, was denkst du?« Neugierig wartete ich auf seine Antwort. Er musste blinzeln, bevor er antworten konnte, da ein paar Sonnenstrahlen genau auf sein Gesicht fielen.

»Ich bin jetzt schon gespannt, was du daraus zaubern wirst.« Er legte alles beiseite und sah mich herausfordernd an. Am liebsten hätte ich schon gestern die Zeit angehalten. Seine Gegenwart in dieser ruhigen Atmosphäre so entspannt in den Tag hineinzuleben, war für mich die Perfektion von Glück.

Ich legte meine Unterlagen beiseite, löste meine leicht unbequeme Sitzposition und ging zu ihm rüber, um mich in seine Arme zu legen. Er umschloss mich behutsam, während seine Hand auf meiner Hüfte ruhte, und begann mich zu streicheln.

»Dich an meiner Seite zu haben, ist für mich das größte Glück«, hauchte er mir ins Ohr.

Mein Herz hüpfte vor Freude kurz auf, es war so schön, dass er über seine Gefühle sprach. Seine Augen strahlten mir mit Ruhe und Ehrlichkeit entgegen, die mir seit meiner langen Singlezeit endlich wieder die Zuversicht gaben, dass es vielleicht doch den einen Mr. Right geben könnte. Ob ich wohl, nach meinem eher gruseligen Start in den USA, endlich mein dauerhaftes Glück finden würde?

»Ganz schön schnulzig mit uns beiden«, begann ich ihn zu necken. Ich schob meine Hand nun auch zu seiner Hüfte und streichelte ihn einmal am Hosenbund entlang über den Bauch, wobei er tief einatmete. »Ich genieße jeden Augenblick mit dir und könnte im Moment nicht glücklicher sein«, fügte ich hinzu.

Sanft berührten meine Lippen seine Wange und arbeiteten sich langsam Richtung Mund vor. Ich liebte es, seine weichen vollen Lippen so sanft auf meinen zu spüren. Er küsste mich leidenschaftlicher und seine Hand verließ meine Hüfte und wanderte unter mein Shirt. Ich drehte mich auf den Rücken und genoss Zentimeter um Zentimeter, wie seine Finger über meinen Bauch glitten und kurz unter meinem BH stoppten, um am unteren Rand entlangzugleiten. Mir stockte der Atem vor Vorfreude, aber weiter traute er sich nicht.

»Wieso hörst du auf?«, fragte ich vorsichtig.

»Es ist für mich immer noch schlimm, dass ich an dem Abend nicht für dich da war, als du meine Hilfe gebraucht hast. Ich habe ein schlechtes Gewissen, weil ich so ein Idiot war!«

»Seitdem hat sich aber doch vieles geändert. Wir sind jetzt zusammen und füreinander da. Ganz abgesehen davon konntest du ja nicht ahnen, dass so etwas passieren würde. Lass uns das Ganze am besten vergessen und die schönen Dinge genießen.«

»Du meinst, wir sollten mal unsere Reise planen?«

»Oh ja, das hört sich sehr gut an. Immerhin gibt es noch so viel zu entdecken und damit meine ich nicht nur das Reisen.«

»Ich weiß, aber ich brauche einfach noch ein wenig Zeit, um dich ganz zu entdecken.« Er küsste mehrfach zärtlich meinen Bauch.

»Wir haben doch alle Zeit der Welt, aber wenn du magst, können wir unsere Reise planen.« Ich schob ihn von mir weg und beugte mich über ihn.

»Das können wir machen.«

Diesmal war ich diejenige, die ihn herausforderte, ich küsste ihn am Ohr entlang bis zum Hals und ließ meine Hand erneut an seinem Hosenbund entlang streifen.

»Dann warten wir einfach ab, wie lange du mir widerstehen kannst.«

Ich stand auf und ging in Richtung Küche.

»Auch einen Kaffee?«, fragte ich mit einem Zwinkern.

Als Antwort bekam ich nur eines der Sofakissen entgegengeworfen.

Wir würden schon sehen, wie sich alles in nächster Zeit entwickeln würde. Aber ich war glücklich und bereit für diesen neuen, aufregenden Lebensabschnitt.